「何をしているんですかアオさんっ！」
「……それはこちらの言葉です。
いまは授業中ですよ、
ソフィーリア・マッカラン」
「そんな格好で言われても
説得力ありません！」
JN266976

01
ソラ
「遺能」を使えない少年。チームの司令塔として頭角を現し始める。
02
ソフィー
チーム『エンジェル・フェイス』を率いる少女。遺能は“念動《サイキネ》”
03
フレーナ
ソラたちのチームメイト。月育ちで遺能は“念話”
04
霧島アオ
オービットゲームのスター選手。遺能は“跳躍《ジョウント》”

CHARACTERS

[無能力者のオービット・ゲーム 2]登場キャラクター

リズ・ポーター

若くしてチーム『ブルームーン』のリーダーを務める天才児。遺能は“念雷《エレクトロキネシス》”ソラに強い敵意を向ける。

ノーブル・ブースター

謎の人物によってリズへともたらされたアイテム。遺能を強化する能力があるらしいが……？

『人類史上最高の道具、
サーヴァントロイド・シャーリー、
見ッー！参ッー！』

無能力者《レベルE》のオービット・ゲーム 2

翅田大介

OVERLAP

【無能力者のオービット・ゲーム2】目次

CONTENTS

PRESENTED BY DAISUKE HANETA
ILLUSTRATION BY GOTYOU
PUBLISHED BY OVERLAP

イラスト＝伍長

ORBITGAME
VOLUME TWO

序章　狂犬と美女

PROLOGUE

ORBITGAME
VOLUME TWO

「このクソガキが！」

住宅地の死角めいた狭い空き地で、数人の少年たちが一人の少年を取り囲んでいた。

徒党を組むのは制服姿の中学生だ。みな共通して、顔を怒りで歪《ゆが》ませていた。

「…………」

対して壁際に追い込まれているのは、取り囲む者たちと比べてあまりに幼い少年だった。よくて七歳程度であろう。衣服は土に汚れ、擦り傷や青痣だらけのひどい姿。だがその瞳《ひとみ》は、幼さに似合わぬ刺々《とげとげ》しさを孕《はら》んでいる。憤怒《ふんぬ》と憎悪を自己破滅的な炎で煮込んだような、ドロドロとした黒い溶岩《マグマ》が渦を巻いていた。

「この……生意気な目をしやがって！」

体格の良い中学生が、幼い少年の頬《ほお》を思い切り殴り付けた。

幼い少年は塀に背中から叩《たた》き付けられる。ひどい衝撃にもかかわらず、彼は泣き出しもせず殴った中学生を睨《にら》み返した。

「この……クソガキが！」

この幼い少年は、誰《だれ》にでも噛《か》み付く文字通りの『狂犬』として噂《うわさ》になっていた。学校でもどこでも喧嘩《けんか》三昧《ざんまい》で、自分の傷に頓着《とんちゃく》しないから躊躇《ちゅうちょ》がない。おかげで年上と喧嘩しても最後に泣くのは相手の方だ。

そんな幼い狂犬も、さすがに中学生相手ではあっという間に組み伏せられ袋叩《ふくろだた》きにされてしまう。ぼろぼろになった少年が痛みに呻《うめ》いて動かなくなると、中学生たちは仕上げとばかりに少年を罵《ののし》りはじめた。

「いい気になってんじゃねえぞバカが」

苛立《いらだ》ち混じりの爪先《つまさき》が突き刺さり、少年が悲鳴を噛み殺す。泣き出しもせず耐えるその姿が癇《かん》に障るのだろう。中学生たちは嘲《あざけ》りの笑みとともに唾《つば》を吐いた。

「へっ。弟に聞いたぜ？　お前、ＡＡ因子判定で『レベル・エラー』だったらしいじゃねぇか」

「っ……」

少年がびくりと身体《からだ》を震わせたのを見て、中学生たちは笑みを深くした。

「ははっ。レベルＥってのは十数億人に一人の『出来損《レベル・エラー》ない』っていうじゃねぇか？」

「ちょっとくらい喧嘩慣れしてても、宇宙じゃゲロ吐くだけのお荷物じゃねぇか」

「身の程を知れや、ゴミが」

ゲラゲラと嘲笑《ちょうしょう》が唱和される。弱点を衝《つ》かれた少年の呻きが湿り気を帯びて、彼らは実にご機嫌そうだった。

だから、心身ともに痛めつけられた筈《はず》の少年が突然飛び掛かるのに反応するのが遅れた。足に組み付いた少年は間髪容《い》れず嚙み付く。中学生が痛みの声を上げて転がった。他《ほか》の中学生たちが慌てて引《ひ》き剝《は》がそうとするが、少年は肉も千切れよとばかりに嚙み付いて容易ではない。ようやく引き剝がして突き飛ばした時には、中学生たちの顔は恐怖の先触れに引き攣《つ》っていた。

少年がゆらりと立ち上がる。その手にはいまだ衰えぬ戦意の証《あかし》か、手頃《てごろ》な石を握り締めていた。

「こ、このガキ……！」

中学生たちが気色ばみ、自らも武器を探して周囲を見回す。

少年は敵に暇など与えまいと、石を手にした腕を振り上げ――

「――そいつはいかんなぁ」

頭上から降ってきた声に、少年と中学生たちが顔を上げる。

いつの間にか、空き地の塀に妙な女が腰掛けていた。

ゆらゆらと揺れる真っ白な髪に、ぬめるように濡《ぬ》れた赤い瞳。彫りの深い美貌《びぼう》の白人女性だった。素っ気ないシャツにショートパンツという装いだが、それはメリハリに富んだ体型を自覚しているからだろう。豊かな胸元とむっちりとした太腿《ふともも》を中学生たちが本能的に凝視している。

降って湧いたように現れた白髪の美女は、煙草を咥えた唇をにやりと歪め、少年に向かって「ちっちっ」と指を振った。

「いかん。そいつはいかんなぁ、少年」

「…………何がだよ」

幼さに似合わぬ鬱々《うつうつ》とした声である。だが白髪の美女は狂犬の如《ごと》き少年に「ふふん」と得意気に笑って言葉を続けた。

「途中までは良かったが、そんな石ころを使うのは感心しない。お前さんは気に入らない事があって暴れてるんだろう? 現実が認められなくて抗《あらが》っているんだろう? なら、あくまでお前の力で暴れてみせろ。たとえ石ころだろうと道具に頼るな。道具に頼って勝っても、周りの奴《やつ》らは『道具を使われたせいだ』と自分を納得させるだけだ。お前さんが本気で自分の我を通したいと思うのなら、相手を言い訳の余地もないくらい捩《ね》じ伏《ふ》せたいなら、最後まで意地《プライド》と根性《ガッツ》で嚙み付いてみせろ」

「…………」

少年はじっと白髪の美女を睨む。彼女もまた咥えた煙草をぴょこぴょこと揺らして、少年の次の行動を待っている。彼女の瞳に教え諭すような色が見えたら、少年は手にした石を即座に彼女へ投げ付けていただろう。だが彼女が少年を眺める瞳に浮かぶのは「ほれほれ、どうする？」と煽《あお》るようなふてぶてしさだ。

「…………」

やがて、少年は振り上げた腕を下ろし、握っていた石を放り捨てた。

「よくできました」

突然現れて偉そうな事を言う女の拍手を背に、少年は再び中学生たちへ飛び掛かっていった。

第一章
とある宇宙学校の日常
CHAPTER 1
ORBITGAME
VOLUME TWO

1

「この『出来損ない』が！」

苛立ち混じりの怒鳴り声が林の中に響いて吸い込まれる。もはや耳タコの雑言《ぞうごん》に、俺はやれやれと溜《た》め息《いき》を漏らした。そんな余裕ぶった態度がますます気に障ったのだろう。取り囲む四人ほどの生徒たちが額に血管を浮き上がらせる。

「この……生意気な態度を取りやがって！」

連中にしてみれば精一杯の脅し文句なのかも知れないが、この俺——日向《ヒュウガ》ソラの短くも濃密な十五年の人生において、この類《たぐい》の出来事はすでに既視感すら擦り切れるほどお馴染《なじ》みの風景だった。緊張感を持てってのが無理な話だ。

ついでに言えば、こいつらが何か目新しい事をしてくれそうな気配もない。俺はあくび混じりに空を見上げた。

木々の合間から覗《のぞ》いた上空《そこ》にあるのは青空じゃない。緩くカーブした透明な天井が弧を描くようにして左右に広がって、やがて地面とひと繋《つな》がりの筒状《チューブ》として収束する。

此処《ここ》は宇宙――地球と月の重力平衡点《ラグランジュ・ポイント》のひとつであるL1宙域に浮かぶ輪環型《スタンフォード・トーラス》コロニー『アルテミシア宇宙学園』の中。車輪のように回って遠心力を発生させる重力区画だ。

この宇宙に浮かぶ学校にやってきて早一ヶ月。さすがに日常の一部となった光景だが、それでも代わり映えのないイジメごっこに比べればはるかに目新しいし、苦労の末にやっとこさやって来た場所でもある。俺は多機能プラスティックの天井窓の梁《はり》の数を数えて無聊《ぶりょう》を慰めた。

「こらぁ！　聞いてんのか！」

やかましいだみ声のせいでカウントが狂う。俺は面倒な顔を天井から地上に戻した。

「――聞きたくないんだよ。それくらい分かるだろうが」

耳をほじほじしながら返事をすると、俺と同じ『航宙科特種』の制服を着た野郎どもの額に浮き上がる血管がピクピク脈打つ。いっそ破裂しちまえばいいのに。

「……てめぇ、舐《な》めてんのか？」

「あ、やっと分かった？　本当にベロで舐めなきゃならんのかと心配したが、気付いてくれて安心したよ」

俺は口の端を吊《つ》り上げてニヤリと嗤《わら》った。

航宙科特種は、無重力下機動のスペシャリストを育て上げる為《ため》のエリートコースだ。そのおかげで選民思想っぽい考えのウザい連中がうろうろしてる。そんな連中にしてみれば、俺みたいなレベルE——『出来損ない』と揶揄《やゆ》される無重力適正ゼロの人間は目障りでしかないだろう。

案の定、俺のニヤニヤ嗤いは連中の堪忍袋にトドメを刺すことに成功したようだ。

正面に居た奴が目を血走らせて拳《こぶし》を振るう。軌道が丸分かりの大振りな一撃だが、あえて頬を差し出した。衝撃が走るが、奥歯を噛み締めて身構えていたのでたいした事はない。唇が切れて血が流れる、必要十分な傷を負う事が出来た。

「…………これでアリバイ成立だ」

俺は嬉《うれ》しさに笑みを深め、殴ったばかりの腕を取り、身体を入れ替えて肩越しに引っ張り下ろした。ぱきんっ、という音がして、野郎の腕が力なくぶらぶら揺れる。

「ぎっ——ぎゃあああああああっ！　腕が折れたぁぁぁああああああっ！」

「折れてねぇよ。肩が外れただけだ。ほれ、こうすりゃすぐに元通りだ」

蹲《うずくま》って腕を押さえる野郎に笑顔で近づくと、肩と腕に手を置いて〝治療〟してやった。ごりゅんっ、と不健康な音がして、俺を殴った加害者はびくんと白目を剝《む》く。そのままゆっくり仰向けに倒れ、口の端からぶくぶくと泡を吹いた。

「おお……泡を吹いて気絶する奴なんて初めて見た。これはちょっと新しいな」

新鮮な驚きに、俺は素直に感心した。

そこでようやく仲間の突然の凶行――俺のはあくまで正当防衛だ――に目を丸くしていた他の連中がはっと我に返った。

「何をしやがる！」

「野蛮人め！」

口々に罵る連中を、俺は憐《あわ》れむように見返した。

「何をするって、そりゃあ突然人気のない林の奥に呼び出されてフクロにされようとしたのを実力で撥《は》ね除《の》けたんだよ。どうせ目立たないように痛めつけようと思ったんだろうが……お前らが俺の顔を殴った時点で、この〝ゲーム〟は俺の勝ちだ」

俺が肩を竦《すく》めると、残りの連中がぎりぎりと歯《は》軋《ぎし》りする。

「それと野蛮人って意見だが、たった一人の『出来損ない』を大人数で取り囲んで痛め付けようとする奴らは、果たしてなんて呼んだらいいのかねぇ？　卑怯《ひきょう》者《もの》？　臆病《おくびょう》者《もの》？　それともヘタレか？」

「ぶっ殺せぇえええええええ！」

連中がブチ切れて飛び掛かってくる。普段から無重力下機動の訓練を積んでいるだけにそこそこキレのある動きだが、全部予想の範囲を出ない。

俺は軽いステップで摑《つか》み掛《か》かってくる連中を躱《かわ》し様、膝《ひざ》蹴《げ》りやら肘打ちやらを胃や肝臓に叩《たた》き込んでやる。襲い掛かってきた連中は次々に「うげぇ」だの「ぶるぉ」だのと呻《うめ》いて地に倒れていった。

「眠たくなる動きだな。毎週俺を殺そうとしてた陰険武術家だったら殺されてるぞ」

まぁ、白髪女をはじめとした非常識人間ズと比べる方が酷ってものか。

「この出来損《レベル・エラー》ないがぁぁぁぁあああああああっ！」

最後の一人が距離をとって、身体《からだ》から金色の燐光《りんこう》を発し始めた。

ニーベルング反応光――レベルC以上の無重力適応因子活性を持つ《発現者《ノーブル》》が『遺《い》能《のう》』を発動させる際に生じる空間励起スペクトルだ。

航宙科特種は唯一の例外、つまり俺以外はすべて《発現者》で占められている。俺を呼び出した級友たちが《発現者》であるのは至極当然で驚きはないが、練習場でもない場所で遺能を振るおうとしているのには、流石《さすが》に俺も眉《まゆ》を顰《ひそ》めた。

「おいおい……後で問題になるぞ？」

「うるせぇ！　まぐれで『アースクエイク』に勝ったからって調子に乗るな！」

ちょっぴり正気を失った眼《め》で怒鳴る級友。ヤバイ、ちょっとやり過ぎたか。

俺が内心で反省していると、奴の身体から漏れ出した燐光が寄り集まって〝腕〟の如き様相を見せた。空間のベクトルを操って〝力場〟を形作る〝念動使《サイキネ》い〟共通の挙動だ。

金色の燐光で作られた力場の腕が俺を叩き伏せようと迫ってくる。とっさに転がって避けると、俺を捕らえ損ねた腕は代わりに背後の木を絡《から》め取り、メキメキと幹に罅《ひび》を入れた。

「どうだ！　どうだ、レベルE！　貴様には真似《まね》できまい！　AA因子を欠片《かけら》も持たない、人類の『出来損ない《レベルE》』であるお前には何も出来ないだろう！」

「……サーヴァントロイドで増幅しなくてもこの威力なら、レベルBの中ぐらいってとこか。まぁまぁ優秀みたいだが……それで？」

「あぁん？」

「俺にこれからボコされるアンタは、はてさてこれからなんて呼ぶべきだ？　アンタの言う論だと、『出来損ない』に敵《かな》わないアンタはそれ以下ってことになるけど？」

「……死ね」

再び力場の腕を振るわれる。が、あまりにも単純すぎ、俺は簡単に躱しながら歩を進めてゆく。数もなく、フェイントもない。やろうと思えばあっという間に近付いてノすのはワケないが、こういうのは言い訳の余地もないくらい思い知らせるのが肝心だ。

「……単調だな。でかい顔をしたいなら、せめてウチのお嬢さまくらいになってから出直してもらいたいもんだ」

「……！」

攻撃が当たらないと察し、奴は力場を身体の周りに留《とど》めた。これから繰り出される俺の攻撃を身体全体に纏《まと》った力場で防御しようというのだろう。それなりに順当な判断だ。

力場の腕がなくなり、俺は一気に奴《やつ》に駆け寄った。右拳を大きく振り被《かぶ》り、優位を取り繕う念動使いの引《ひ》き攣《つ》った笑顔を吹き飛ばそうと振り下ろし――

「ごぼぉっ!?」

腹に叩きこまれた左拳に、念動使いが苦鳴を上げる。

「――反射的に顔を守ろうとして他《ほか》が疎《おろそ》かになったな。でかい顔をしたいなら念動力場を揺らさない冷静さを持つべきだ。それに言ったろ？『顔を殴ったら負け』だって」

ニーベルング反応光が霧散し、無力化された念動使いがズルズルと地面にくずおれる。

「これに懲りたらもう馬鹿《ばか》しないでくれよ？　何度も相手するのは面倒だからな」

やれやれと肩を回し始めると、どこからともなく予鈴が鳴り響く。予想以上に時間を食っていたみたいだ。

俺は痛みに呻く級友たちを泣く泣く置いて林を後にした。

校舎に戻ってきっちりトイレを済ませると足早に教室へ向かう。同じように教室へ戻ってゆく同級生たちが俺の顔を見て眉を顰めるが、すぐに何も見なかったように顔を背けた。

「やれやれ。傷を負った同級生に『何があったの？』くらい訊《き》いてくれても良さそうなもんだがな」

「……それはムリってものですよー」

悲嘆にくれていると、腰のポケットがもぞもぞと動く。そこから「ぷはぁ」と顔を出して肩に這《は》い登ってくるのは、三頭身のディフォルメフィギュアめいたロボットだ。ピンク色の髪に派手な色のメイド服と、目がチカチカしそうな配色だった。

無重力下で人間のサポートをすべく学習型ＡＩを搭載した『アシストロイド』の一種で、名前はシャーリー。だが、俺はほとんどその名前で呼んだことはない。

「……何がムリなんだ、ポンコツ？」

俺が不機嫌に問うと、俺の肩に居座ったポンコツが物知り顔になる。

「ちょっと考えれば分かるじゃないですかー？　うらぶれた殺し屋みたいな顔をしたマスターが怪我《けが》してたら恐《こわ》くて近寄ることもぅげらぅおぷぅ!?」

俺は雑巾《ぞうきん》を絞るようにポンコツを捻《ねじ》り上げた。

ちなみに言うと、俺はそこまで悪相ってワケじゃない。『黙っていればそこそこ好青年』ともっぱらの評判だ……が、なぜだか笑おうとすると、表情筋にバグがあるのか、口元が必要以上に吊り上がって吊り目がちな双眸《そうぼう》もやたら強調され、有り体に言ってチンピラっぽくなってしまう。

おそらく俺をこんな顔にしたのは、性格が捻くれきった白髪女――このポンコツを俺に押し付けたフィラ・グレンリヴェットのせいだ。それを考えれば尚《なお》の事、ポンコツを捻る手に力が籠《こ》もるというものだった。

ポンコツで遊びながら教室に戻ると、すでに教壇には教師が立っていた。

「遅いぞ日向《ヒュウガ》くん。さっさと席に――って、その顔どうしたの？」

1－Bクラス担当でもあるメアリー女史が、俺の顔を見て首を傾《かし》げる。

「ちょっと絡まれまして」

「またぁ？　いい加減に逃げる事を覚えてくれない？　ここんとこ怪我人《けがにん》ばっかで大変なんだから」

「保健室に行った人間はいないみたいですけど？」

教室内の少なくない生徒がびくりと肩を震わせた。つい最近、俺と人気のない場所で仲良くした連中だ。

「そりゃ自分から保健室には行かんでしょうよ。『レベルEにボコボコにされた』なんて、特種の生徒だったら死んでも認めないだろうし。おかげで我慢した挙句保健室に担ぎ込まれる人たちが多くて、保健室の先生から苦情が来てるんだから」

メアリー女史が教師らしげに沈痛な面持ちで嘆息するが、生徒同士の争いにうるさく言わない辺り適当な性格である。もっとも、この『軌道世界』――宇宙開拓の最前線における不文律は〝自己責任〟と〝実力主義〟だ。返り討ちにあったのなら所詮《しょせん》それまでの連中だと思っているのかも知れない。

「ま、いいや。さっさと授業始めるから席に着いて――」

「待ってください」

凛《りん》とした声を上げたのは教壇の隅に控えていた、肩口で切りそろえた烏《からす》の濡《ぬ》れ羽色《ばいろ》の髪が印象的な、工芸品めいた美しさを備えた少女だった。とはいえ、生徒でないのは身に着けたスーツと、『教育実習生』を示す襟元のバッジが物語っていた。

「あー……何でしょうか、霧島《キリシマ》先生？」

黒髪の美少女は、指導教官のメアリー女史よりもよほどはきはきと答えた。

「怪我を我慢する事がよろしくないと言ったばかりではありませんか。彼はすぐに保健室に連れて行くべきです」

「あー、うん、……そんじゃ保健係――」

「生徒の学習に支障をきたしてはいけませんので、私が付き添います」

「あー、うん、そうね……念の為に言っただけだよ」

メアリー女史は諦《あきら》めたように嘆息し、俺に向かって「さっさと行け」と手を振った。

「それでは行きましょうか、日向くん？」

どこか有無を言わさない声で『霧島先生』が言う。俺もまた諦めたように粛々と頷《うなず》いた。

彼女と教室を出る間際、背中に無数の鋭い視線が突き刺さった。

授業が始まり無人の廊下を歩いて保健室に入ると、担当医はちょうど席を外しているのか姿がない。ベッドにも人影はない。

ピッ――と保健室の扉が施錠された電子音が無機質に鳴り響いた。

「……ようやく二人きりね、ソラ！」

保健室を密室にした『霧島先生』こと霧島アオが、先程までのきりりとした表情を緩ませて抱き着いてきた。俺の背中をがっしり握り締め、すりすりと俺の胸へ頬擦《ほおず》りする。

「ああ、ソラのにおい……しあわせぇ……」

まるで縁側で微睡《まどろ》む猫のように幸せそうな顔をするアオ。俺はうっそりと天を仰いだ。

俺の肩に乗っかったままのポンコツも同様に嘆息する。

「……まず傷の手当が先じゃないのか、アオ？」

俺が口を開くと、頬擦りしていたアオがばっと顔を上げた。

「そうだわ！　はやく治療しないと！　ああっ、ソラの顔に傷を付けるなんて！……何処《どこ》のどいつか知らないけど、生まれてきたのを後悔させてやらないといけないわね……」

物騒なことを口走るアオ。なまじ表情が虫も殺さぬような笑みであるだけに、言いようのない悪寒を感じる。

「……心配しなくてもきっちり焼きを入れておいたから、気にするな」

「そうなの？　そうよね、ソラがそこらの有象無象《うぞうむぞう》に後れを取るわけないものね」

アオはにっこり笑うと、俺を座らせて棚から道具を揃《そろ》え始めた。その背中を眺め、俺は浮かべるべき表情に迷いながら口の中で呟《つぶや》く。

「……これがあの霧島アオだとは俄《にわ》かに信じられないな……」

本来なら、アオはアルテミシア宇宙学園《こんなところ》にいる人間じゃない。彼女は軌道世界をリードする『五大財閥』の一角たる東雲《しののめ》財閥が母体となっている東雲宇宙学園において、《オービット・ゲーム》のエース・プレイヤー『瞬　星《トゥインクル・スター》のアオ』として知られている存在だ。

軌道世界の一大エンターテイメントであると同時に軌道企業間の代理戦争でもある《オービット・ゲーム》。宇宙学校においてもその順位が助成金や寄付金の額を左右する無重力下戦闘競技のプレイヤーを育成するのが航宙科特種であり、東雲宇宙学園におけるエース・プレイヤーは『軌道世界最強の学生』と言っても過言ではない。

金の卵を産む鶏同然の彼女が、五大財閥の顔色を窺《うかが》ってばかりの月開発公社が母体であるアルテミシア宇宙学園で教育実習生など、トップアイドルが突然田舎の温泉宿で歌い出すよりも現実感がない。

しかもその『瞬星のアオ』が俺の幼馴染《おさなじ》みで、こうしてガーゼを傷口に当てたりしているのだから、二重の意味で冗談みたいだ。

「どうしたの？」

俺の頬《ほお》にシップを貼《は》ったアオがきょとんと問い掛けてくる。

「いや……八年ぶりに再会した時の態度とまったく違うんでちょっと面食らってな」

俺が冗談めかして言うと、アオは手にした治療道具を取り落としておろおろし出した。

「ご、ごめんなさい……あんな酷《ひど》いこと言って……や、やっぱり怒ってる？　怒ってるわよね……」

じわりと目尻《めじり》に涙を溜《た》めるアオ。ぎょっとして慌ててフォローする。

「怒ってない怒ってない！　最初に約束を破ったのは俺じゃないか！　ただちょっと、ほんの少し、微《かす》かに、ほんのりとびっくりしただけだって！」

「…………………ほんとう？」

「本当に！」

「……よかったぁ……」

心底ほっとしたように涙を拭《ぬぐ》うアオを見て、むしろ俺の方が九死に一生の思いだ。

昔、俺とアオは「一緒に宇宙へ行こう」と約束した。だが俺は自分が『出来損《レベル》ない《E》』と知って、その約束を破ってしまった。だから俺は、アオに対してかなり負い目がある。

すでに立派に大成した幼馴染みが、こちらの後ろめたさとは裏腹に昔通りに付き合おうとしてくれているのだ。これで泣かれたりなどしたら、ふてぶてしいと自負してる俺でもけっこう傷付く。

笑顔を浮かべ直したアオが再度俺に抱き着く。その頭がいかにも『撫《な》でて』と言わんばかりに差し出されるので撫でてやると、彼女はさらに身体《からだ》を寄せてくる。

「……なんだか犬っぽいですー」

ポンコツが耳元でぼそりと呟く。

まぁ、昔は俺の背中にぴったりくっついて、風呂《ふろ》どころかトイレにまで追いかけてきた程だ。基本的に甘えん坊なんだよな。

それを思い出すと、俺にとってはむしろ『瞬星のアオ』なんて二つ名を付けられる方が印象に合わないいんだが。

……しかし、見ない内にイロイロ成長している。昔は骨と皮だけの痩《や》せっぽちだったのに、いまはむにゅむにゅと柔らかいものが押し付けられる。いくら幼馴染みとはいえ、こうも昔通りだと誤解を招きかねないいんだが。

俺がここ最近やたらに人気のない所に呼び出されるのも、アオがなにかと俺と一緒にいるからだ。教室を出る時もやたらと嫉妬《しっと》されていた。これで『瞬星のアオ』に抱き着かれてると知られたらどうなる事やら。

「……ねぇ、ソラ」

「うん？　なんだ？」

「やっぱり、ちゃんと休むべきだと思うわ。ほら、ベッドも空いてるし」

そう言ってアオはベッドを指差した。

「んな、こんなかすり傷で……」

何を大げさな、と肩を竦《すく》めると、アオはずずいっと顔を寄せる。

「油断は禁物よ！　ちょっとした怪我でも全力で治さないと！　だからほら、寝ましょう？」

「けどなぁ……授業に遅れが出るのはあまり好ましくないんだが……」

「授業だったら私が後で教えて上げるわ。ソラだけに個人授業してあげる。そう、個人授業よ……個人授業……うへへ」

気持ちは嬉《うれ》しいが、霧島アオの個人授業を受けたなんて知られたら、またぞろ呼び出されて面倒臭い事になりそうなんだがな。

とはいえ、幼馴染みの気遣いを無下にするのも気分が悪い。仕方なく、俺はアオの意見に従ってベッドに横になった。

「ま、放課後は練習があるし身体を休めておこうかね…………ん？」

仕切りのカーテンの向こうで、アオが何やらごそごそしている。しゅるしゅると衣擦《きぬず》れの音がする。

「アオ？　何してんだ？」

「私も一、緒に寝ようと思って」

俺の問い掛けにカーテンの間から顔を出し、アオはさも当然のように言う。

「おいおい……十五にもなって並んで昼寝かよ？」

一度は喧嘩《けんか》別れした幼馴染みが昔と変わらないのに嬉しいやらこそばゆいやらで苦笑してしまう。とはいえ昔みたいに懐く様子を見ていると、そこはかとなく嬉しくなるのも事実だが。

「しょうがねぇなぁ……んじゃ、ほれ。隣来い？」

シーツをまくり上げてベッドの隣を示すと、アオはこくこくと勢い良く頷いた。尻尾《しっぽ》があったらバッサバッサと振り回しまくってることだろう。

「そ、ソラったらそんな大胆な……け、けど、ソラがそう言うんなら……じゅる……お言葉に甘えて……」

アオがカーテンの向こうでもじもじと身体を捻《ひね》っていると、

——コンコン。

と、保健室の扉がノックされた。

「……開けなくていいのか？」

「担当医も居ないし、むしろ開けない方がいいんじゃないかしら」

仮にも実習生の言葉じゃないが、俺も面倒臭いので居留守を決め込むのには賛成だった。

保健室はここだけじゃない。

やがて、しつこく続いていたノックが止《や》んだ。諦めて帰ったのかと思ったが——直後、先ほどのノックとは比べ物にならない衝撃音が響き渡る。

ゴゥン、ゴァンと異音を立てるドアは健気《けなげ》にも何者かの打擲《ちようちやく》に耐えていたが、数秒後にはべこぼこになって吹っ飛んだ。衝撃がカーテンを引き千切り、ドアの残骸《ざんがい》が壁にめり込む。

「……何をしているんですか？」

ドアを吹き飛ばした誰《だれ》かさんが、ニーベルング反応光を伴って室内に踏み込んできた。

白金色の長髪が、力場の余波で揺れる度に星光のように輝く。白磁器めいた肌理細《きめ》かい白い肌と相まって、貴族の令嬢を思わせる美少女だったが、興奮のせいか頬をほんのり赤く染めている様は、寸前のやんちゃと相まって〝お転婆娘〟という印象が強い。

ドアを吹き飛ばし入ってきた美少女は、地球光《アースライト》を思わせる鮮やかな青い瞳《ひとみ》で室内を見回し、その一点に目を留めるとキリキリ音がするくらい眦《まなじり》を吊《つ》り上げた。

「何をしているんですかアオさんっ！」

「……それはこちらの言葉です」

外まわり用の凜とした表情に戻ったアオがすっくと立ち上がる。

「いまは授業中ですよ、ソフィーリア・マッカラン」

「そんな格好で言われても説得力ありません！」

白金色の髪の美少女——俺の所属する《オービット・ゲーム》チーム『エンジェル・フェイス』のリーダーであるソフィーリアことソフィーが、落ち着いた普段の態度とは打って変わった厳しい口調で叫び返した。

ちなみに、アオは何故《なぜ》だか、スーツを半分以上脱ぎ放って裸シャツ状態だ。確かに、教師っぽく振る舞うには無理がある格好だ。

「いったいそんな格好をして何をするつもりだったんですか!?」

「ほほう？　それでは逆にお聞きしますが、箱入りのお嬢さまはこれから何が行われると思っているのですか？」

「うっ……」

ソフィーの心情を現してか、彼女の纏《まと》っていたニーベルング反応光が霧散した。ソフィーはアオの格好を見て顔を赤くする。

「な、なにってそれは……」

ソフィーは、五大財閥の一角『M《マッカラン》 & W《・アンド・ウオーカー》』の令嬢だ。今は理由《わけ》あって家を飛び出してアルテミシア宇宙学園の二回生だが、その出自は正真正銘箱入りのお嬢さま。色っぽい話題を口にするだけでもかなりの羞恥《しゅうち》プレイだ。

俺自身よくソフィーをからかって遊ぶが、俺の手によらない恥態を鑑賞するほど悪趣味じゃない。やはり、やるなら自分で遊ばにゃ損だ。

よって、俺はおろおろするソフィーに助け舟を出してやった。

「ところで、ソフィー。一体何で俺たちがここに居ると分かったんだ？」

「あっ、それは――」

「わたくしがお知らせしました」

羽ばたき音とともに言って俺の頭に着地したのは、ソフィーの相棒である梟《ふくろう》型サーヴァントロイド、マーリンだ。嘴《くちばし》を開き、落ち着き払った穏やかな声で説明する。

「お嬢さまに言われて、ソラさまとアオさまの様子を窺っておりました。お許し下さい」

「別に見張られる事を気にしちゃいないが……なんでまた？」

ソフィーに問い掛けると、彼女は「へっ？」と間の抜けた声を出した。

「えっ……と、それは…………そ、そうです！　ソラさんが変なことしないようにです！」

「へぇ？　変なことって、どんなこと？」

口元を持ち上げて問い掛けると、ソフィーは顔を赤くして涙混じりに俺を睨《にら》む。うむ、やはり泣かせるなら自分の手で泣かせるに限る。

「……そ、ソラさんは、初対面の女性の胸にいきなり触れるような方じゃないですか！　そんなソラさんにべったりのアオさんと二人きりになったら……その……ふ、不純な行いをするかもしれないじゃないですか!?」

言ってる内に記憶が蘇《よみがえ》ったのか、ソフィーは自分の胸を隠しながら言った。確かに初対面でソフィーの胸に触れたが、あれは不可抗力だったんだがな。……まぁ、触れた後揉《も》んだのは確信犯で、とても素晴らしい体験をさせてもらったが。

それはともかく、ソフィーの指摘に、俺は少しばかり眉《まゆ》を顰《ひそ》める。

「色っぽいことなんざ起きねぇよ。裸シャツで添い寝されて正体失うほど初心じゃないしな」

　幸か不幸か、俺を鍛えてくれたのは外見だけは絶世の美女。しかもモデル顔負けの身体を裸白衣で無駄に見せびらかすもんだから、おかげでちょっとやそっとじゃ反応しなくなった。……一時期、本気で不能になったんじゃないかと怖くなったくらいだ。

　良くも悪くも、人間は適応する生き物だ。

「だいたい幼馴染《おさななじ》みに発情するかよ、バカバカしい」

　家族に興奮する奴《やつ》がいるか？　いや、いない。幼馴染みとキャッキャウフフなんて、前時代のフィクションの中だけの話だ。

「…………」

　ソフィーはきょとんと俺を眺め、やがて視線をアオに戻した。何故だか、アオは直立不動の体勢で固まっている。いまさら裸シャツが恥ずかしくなったのか？

「……むしろ可《か》哀想《わいそう》になってしまいますね……」

　自分だけ納得したような顔で、ソフィーが深々と溜め息を漏らした。

　――いったい何のこっちゃ？

　俺が問い掛けようとすると、保健室の入り口から甲高い金切声が上がる。

「な、なんじゃあこりゃぁぁぁあああああっ!?」

　帰って来た担当医が、保健室の惨状にショック死しそうな顔をしていた。

2

保健医のありがたいお叱《しか》りは、午後の授業が終わるまでたっぷりと続いた。

解放された俺とソフィーとアオは、いまさら教室に戻るのも馬鹿《ばか》らしく、校舎を後にして無重力区画へ向かった。

輪環型コロニー《スタンフォード・トーラス》は〝宇宙に浮かんだ巨大な車輪〟とするのが一番説明しやすい。回転する車輪が筒《チューブ》になっており、この内側が重力区画として利用される。回転する車輪の中心である車軸《ハブ》が無重力区画となり、宇宙港《コスモドローム》と各種無重力施設が設置されている。

車輪の重力区画と車軸の無重力区画は、車輪を支える輻《スポーク》に併設された『スポークエレベータ』で行き来される。エレベータと言っても、数キロメートル単位の車輪と車軸を繋《つな》ぐ輻に併設されているから、大規模な上に簡単に乗り降り出来るものではない。複数のエレベータが時間通りきっちりと運行され、乗り場は地方の小空港みたいな趣を見せる。エレベータそのものも座席がズラリと並んで、どこか旅客機のエコノミーを思わせた。

ベルトの確認アナウンスが流れ、エレベータが動き出す。ここで、スポークエレベータが通常のエレベータと違うのが見た目の雰囲気だけじゃないと実感させられる。

地上のエレベータなら上昇に従い下向きのベクトル（G＝加速度）が掛かるが、遠心力の影響は車軸に向かうに連れて小さくなる。スポークエレベータは上昇すれば上昇するほど体感Gが減少して行くのだ。この感覚だけは何度経験してもなかなか慣れず、胃と三半規管がムズムズする。

ちなみに降りる時は上向きのベクトルが遠心力で相殺され、降りているのに下向きのGが掛かっているような錯覚を覚えて、これもこれで落ち着かない。

「……それで、なんでアオさんまで一緒に付いて来るんですか？」

「付いて来てはいけない理由があるのかしら？」

もっともレベルEの俺と違い、両隣のレベルA《発現者《ノーブル》》たちはなんて事ない様子だ。

マーリンを肩に留めたソフィーがむっつりと不機嫌な顔をする。

一方、アオもまた肩に自分のサーヴァントロイドである鴉《からす》型のヤタを留めているが、こっちは我関せずと黙りこくっている。

「むしろ私が同行するのは、喜びこそすれ厭《いと》うような事ではないと思いますけれど？　憚《はばか》りながら『瞬　星《トゥインクル・スター》のアオ』の指導が受けられるチャンスは貴重ですよ？」

「わたしたち『エンジェル・フェイス』にはソラさんがいますから！」

ソフィーはそう言って、むぎゅっと俺の左手を抱え込む。

どうにもソフィーはアオにかなりの対抗心を持っている。出会いからして良いものじゃなかったし、対戦した時は一方的にボコされたから無理もないが。

「……ソラさんもそう思いますよね？」

そのせいかアオがアルテミシアに来てからこっち、ソフィーは何かとアオに見せつけるように俺に抱き着くことが多い。俺としては心地よい感触を堪能《たんのう》できるから役得だが、耳まで真っ赤にするほど恥ずかしいならやらなきゃいいのに。……まぁ、美少女の赤面顔を間近で鑑賞するのも乙だから、俺は一向に構わないのだが。

「んー……そうは言っても、俺は所詮遺能《しょせんいのう》を持たない無能力者《レベルE》だからな」

「けれどソラさん、遺能の隙《すき》を衝《つ》くのが得意じゃないですか」

「対処に関しては散々やったからそこそこ自信があるが、《発現者》を効率よく鍛えるのに《発現者》が適役なのは明らかだからな」

「……裏切り者」

ソフィーは頰《ほお》を膨らましてそっぽを向いた。

「実際、アオくらい実戦経験のある《発現者》が指導してくれるなら、かなり有意義な訓練が出来るのは確かだな」

子供っぽいソフィーの態度に口元を持ち上げ、逆方向に顔を向け直すと、アオは「まかせて」と胸を張った。

「飛び級してるおかげでゲーム歴も長いしね。今は肩書も教育実習生だし」

「だがイイのか？　一応まだ東雲《しののめ》に在籍してるんだろ？　敵に塩を送るような真似《まね》して」

「些細《ささい》な事よ。《オービット・ゲーム》の第一義は、高度に無重力空間に適応した人材を育成する事なのだから」

そうこうする内に車軸区画に到着した。エレベータが止まると、俺の肩に乗っかっていたポンコツが慣性に従ってふわりと浮き上がり、慌てて俺の髪を摑《つか》んだ。

「……何をやってやがる」

ベルトを外して立ち上がると、忌々《いまいま》しいポンコツを摑んで「むぎゅう！」とポケットに押し込んだ。

両隣の少女たちのサーヴァントトロイドは、どちらも無重力であるにもかかわらず羽撃《はばた》き浮き上がって主たちの邪魔にならないよう滞空した。《発現者》と精神共鳴するサーヴァントトロイドは、主の遺能《ちから》を借り受ける事でただの機械には真似できない高度な無重力適正を見せる。『使い魔《サーヴァント》』の名を冠する所以《ゆえん》だ。

無重力区画を移動ハンドルに摑まって《オービット・ゲーム》用の無重力フィールド市施設へ移動していると、その手前で狼《おおかみ》犬型のサーヴァントトロイドを連れた小柄な金髪の少女とかち合った。

『エンジェル・フェイス』のチームメイトであるフレーナ・アードヴェックと、その相棒のフェンリルだ。

「おはよう、フレーナ」

「おはよう、ソフィー。それと……ついでにソラも」

「面倒臭いなら挨拶《あいさつ》しなくてもいいぞ」

「ふんっ、そんな事したら、ソラは寂しくて泣いちゃうだろ？」

鼻を鳴らして小生意気な薄ら笑いを浮かべるが、寂しくて泣いちゃうのはこの金髪娘の方だと思うがな。

フレーナはさらに何か言おうと口を開きかけたが、アオの姿を認めるとすぐさま渋面になった。

「……なんでこの女まで一緒なんだ？」

「私がどこに居ようと、あなたには関係ないでしょう？」

「うっせーな傲慢《ごうまん》女！　お前がどんだけあたしたちにメーワク掛けたのか忘れたのかよ!?　ちょっとでも良心が残ってるなら顔を見せるなよ！」

「ふっ……キャンキャン吠《ほ》えて、まるで負け犬ね」

「誰《だれ》が何に負けてるっていうんだよ！」

「あら、言わないと分からないのかしら？」

アオは勝ち誇った顔で腕を組み、しっかり育った胸をこれ見よがしに押し上げた。

小柄な上に「ストン」とした体型のフレーナの眼《め》に、本気《マジ》ものの殺意が燃え上がる。

「こ、殺す……っ！」

壁を蹴《け》って襲い掛かろうとしたフレーナを、さすがにソフィーが慌てて抱き止める。口はさておき手が出ては拙《まず》い。なにかと熱くなりやすいフレーナを止めるのがソフィーの役割だ。

「落ち着いてフレーナ！」

「ちくしょうちくしょう！　そんな胸《もん》あったって《オービット・ゲーム》じゃ邪魔なだけなんだからな！」

「墓穴を掘ったわね。仮にも『瞬星』の二つ名を持つ、この霧島《キリシマ》アオに言うセリフじゃないわ。むしろ私が聞きたいわ。あなた、月生《ルナー》まれなのに何でそんなに平坦《へいたん》なの？」

おそらくアオは〝低重力状態にあった方が女性の胸の発育が良くなる〟という話を言いたいのだろう。実際には血液型診断や星座占いと似たり寄ったりの与太話だが、何故《なぜ》だか宇宙進出暦《AV》においてもしぶとく生き残って語り継がれている。

アオの反撃は、生粋《きっすい》の月生まれであることを誇りにしているフレーナにとって効果は抜群だったらしい。じわりと目尻《めじり》に涙が溜《た》まり、無重力の中を飛沫《ひまつ》となって漂いだした。

「ぐふぅ……な、なんだその程度！　そんなチャチな胸で何イイ気になってんだ！」

俺が教えてる無重力下格闘術の賜物《たまもの》か。フレーナは自分を押し留《とど》めるソフィーの腕から逃れると、逆に彼女を後ろから羽交い締めにしてアオへ突き出した。

「見ろ！　これが『エンジェル・フェイス』の誇る最終兵器だ！」

「ひぇっ？　ちょ、ちょっとフレーナ！　何を……」

ソフィーが身を捩《よじ》ると、重力の軛《くびき》から解き放たれた双丘がしっかり揺れて存在を主張した。無重力状態だと、その形の良さがはっきり際立つ。

アオは目の前に突き出されたソフィーの胸に小さく呻《うめ》いて自分の胸を押さえた。

「……ふ、ふんっ。大きさや形の優劣は相対値よ。女の魅力の絶対値は、いかに異性を惹《ひ》き付けるかということよ」

「……たしかに一理あるな」

女たちの視線が、この場で唯一の男である俺へと集中した。

「……ソラはどう思う？」

「あんな中途半端な胸、ソラだって願い下げだよな？」

「ふえぇ……そ、ソラさぁん………」

アオが真摯《しんし》な視線を向け、フレーナは同意を求めるように見つめてくる。拘束されたままのソフィーは、青い瞳《ひとみ》で切実な救いを訴えていた。

「……まぁ、一番大事なのは」

「『大事なのは？』」

「やっぱり揉《も》み心地なんじゃね？」

『──っ！』

女たちが三者三様に驚きの表情を作る。やがて、その顔はひとつ——いや、ふたつの果実へと向けられた。

「……いいわ。直接確かめてあげる」

「……いいぜ。驚いて腰抜かすなよ？」

「ちょ、ちょっとフレーナなにを言って……って、アオさん？　なんで両手をそんな風に——い、いやぁぁぁぁああああ…………………………ぁあん……」

容赦なく執行される女だらけの身体検査を、俺はじっくりとっくり鑑賞する。そんな俺へ、梟《マーリン》を頭に乗っけた狼犬《フェンリル》が顎《あご》を開いた。

「……お前、ほんとに性格悪いよな」

「おいおい？　俺はただ意見を求められただけだぜ？」

「……それにしてはとても楽しそうですな」

マーリンが胡乱《うろん》げな声を漏らす。

「確かに楽しそうですよねー。まるで哀れな子羊を眺める悪魔のような笑みですー」

「ああ、とても楽しいよ」

「その顔で捩《ね》じらないでー！　ものすごく怖いですー！　脳《AI》に焼き付いちゃいまずぅぅぅううう………」

「……不毛」

ぷかぷか浮いた鴉《ヤタ》がぽつりと漏らす。

ポンコツの悲鳴と熱の籠《こも》った喘《あえ》ぎ声に、不躾《ぶしつけ》な電子音が鳴り響いた。真剣な顔で身体検査をしていたアオが、懐から携帯端末を取り出した。

「……呼び出しを受けてしまったわ。残念だけれど戻らないと」

「逃げる気かこら！」

「……悔しいけれど、この場は負けを認めてあげる。けれど勘違いしないことね、勝ったのはあなたではなく、その胸の性能だということを忘れないで」

アオはヤタを伴って来た道を引き返していった。曲がり角まで律儀に手を振るアオに手を振り返し、彼女の姿が消えたところで放心したソフィーに振り返る。

「お疲れさん」

「ダメだこりゃ」

「……ぅう、ん……ぁあ……光が見えるぅ…………」

「ええと……ちょっと調子に乗りすぎたかな」

フレーナが今更ながらに冷や汗を流す。俺は腕を組んで厳しい顔を向けた。

「こんなにしちまって、練習どうすんだよ？　無重力フィールドを借りるのは順番待ちなのによ」

「止めなかったのにしたり顔するな！　ソフィー！　悪かったから正気に戻ってくれよ、

ソフィー!」

「……ぅふふ………」

がくがくと揺さぶられるものの、天国に魂が飛んでったらしいソフィーは曖昧《あいまい》な笑みを浮かべたまま戻ってくる気配がない。

さすがに適当なところで止めるべきだったかと、俺もちょっぴり罪悪感を覚えはじめていると、

「――退《ど》いていただけますか?」

冷ややかな声に振り向けば、無重力フィールドへ続く通路から、《オービット・ゲーム》専用の『GPUスーツ』を纏《まと》った一団がやって来た。俺たちの前にフィールドを使っていたチームだろう。

そのチームの先頭にいたのは、小柄なフレーナよりもさらに小さい――というより、かなり幼い少女だった。青い長髪をなびかせた、十二か十三ほどの少女。だがその幼さとは裏腹に、俺たちを見つめる赤い瞳はさっきの声以上に冷ややかだ。肩に乗せた蜥蜴《とかげ》型のサーヴァントロイドと合わせ、どこか冷血動物じみている。おかげで天使みたいに素晴らしく可愛《かわい》らしい容姿が、作り物めいた無機質な人形を思わせる。

「……こんなところで油を売るとは、さすがは半端チームの『エンジェル・フェイス』ですね」

ふっくら柔らかげな小さい唇から飛び出した言葉に、フレーナが顔を強張《こわば》らせる。ようやく我を取り戻したソフィーも、自分たちに注がれる視線に眉根《まゆね》を寄せた。

可愛らしくも人形じみたお子様は、さらに俺に目を向ける。俺の頭の天辺《てっぺん》から爪先《つまさき》までをじろじろ無遠慮に見回し、なんとも冷ややかな嘲笑《ちょうしょう》を浮かべた。

「あなたが噂《うわさ》の『出来損ない《レベル・エラー》』ですか。なるほど、いかにも自惚《うぬぼ》れの強そうな顔をしていますね」

「よしてくれ。君みたいなお嬢ちゃんに罵《のの し》られると、新しい世界に目覚めちゃいそうだ」

なかなか稀有《けう》な体験に口元を持ち上げ肩を竦《すく》めると、天使のように可愛らしいクソガキは、まるで動物園の猿でも憐《あわ》れむみたいに目を細めた。

「これは驚いた……言葉を使えるだけの頭があるのですね。他《ほか》に何か芸はないのですか？　上手《うま》く出来たらバナナを上げますよ？」

お子様がそう言うと、彼女の背後のチームメイトたちが一斉にゲラゲラと笑い始めた。

「あははっ！　キッツゥ！」

「リズ、それはあんまりだよ！」

「『出来損ない』に出来る芸なんてたかが知れてるに決まってるじゃない！」

よほどツボに入ったらしく、無重力の中でめいめいに身体《からだ》を捻《ひね》って笑い転げる。

ソフィーとフレーナがかっと頬《ほお》を赤くして飛び掛かろうとする。俺はさっと割り込んで二人を押さえ込んだ。

「ソラさんっ!?」

「ソラ！　あれだけ言われて黙ってる気かよ！」

「まぁまぁ。邪魔して悪かったな。さ、どうぞどうぞ」

道を空けてやると、お子様とその仲間たちは腰抜けを見るような侮蔑《ぶべつ》の視線を俺に注ぎながら横切っていく。連中が通路の向こうに姿を消すと、不満たらたらな顔をしたソフィーとフレーナが俺に詰め寄った。

「ソラっ！　お前らしくないぞ！　あれだけ言われて黙ってるなんて！」

「いいじゃないか。なかなか面白かったしな」

「面白いって……あんなに酷《ひど》い事を言われたんですよ!?」

「だからだよ。久しぶりにヒネリが利いてて感心させられたからな」

お子様のセリフを反芻《はんすう》し、俺は気分よく口の端を吊《つ》り上げた。

「俺の経験してきた罵詈雑言《ばりぞうごん》の中でも五本の指に入るステキさだ。いやはや、将来が楽しみなクソガキだな」

「「………」」

ソフィーとフレーナはしばらく言葉を探すように口を開け閉めしていたが、やがて渋い顔で口を閉ざした。二人の相棒たちも似たり寄ったりだ。

「もしかしたらと思ってましたがー……マスターってドMのヘンタイさんだったんですねごろおぅげっ！」

遠慮のないポンコツの口の滑りをさらに良くしてやろうと引っ張りながら、俺はなおもにやにやと笑っていた。

「——リズ・ポーター、というのが彼女の名前です」

練習を終え、現在俺も居候状態のソフィーの部屋にやってくると、家主が改めて説明を始めた。

「弱冠十二歳でアルテミシア宇宙学園の航宙科特種に飛び級した天才児です。その入学の年、つまり去年にアルテミシアの公式認可チーム『ブルームーン』のレギュラーとして貢献し、去年の同チームの低軌道《LEO》ゲームのランキング八十七位。現在は『ブルームーン』のリーダーも務めています」

「ランキング八十七位か。なかなかの戦績だな」

学生によるセミプロリーグであるLEOゲームは、その上位のほとんどを五大財閥が母体となっている宇宙学校が占めている。その五大財閥校の公式認可チームの総数が百前後なので、外様《とざま》の宇宙学校の《オービット・ゲーム》チームにとってランキング百位がひとつの壁となっている寸法だ。

俺はフライパンを揺すりながら青髪のお子様《リズ・ポーター》を思い返した。小学生に毛が生えたようなお子様だが、実力さえあれば年齢などは小さな問題という事か。俺が彼女と同じ歳《とし》の時は、無重力での空間識を慣らすのに必死だった。

「よほど優秀な《発現者《ノーブル》》って事か」

「……たしかに優秀なんだろうけどさ」

行儀悪くテーブルに突っ伏すフレーナがむっつりと言った。

最近この金髪娘は、練習の後はソフィーの部屋までくっついて来て夕飯をたかるのが常態になっている。おかげで俺は三人分の食事を作る羽目になっている。もっとも食費は払ってるし、浮いた分はちゃんと俺の懐に入ってるから文句は控えてやっている。ついでに言えば、チームの食事の管理も出来るから問題ばかりでもない。

ちなみに今夜のメニューはツナのスパニッシュオムレツにチキンピラフ、それと山盛りサラダ。全般的に脂質は控えめにして高タンパク。カロリーはかなりのものだが、そこは十分動いているから問題はない。

俺が細かく刻んだエビをサラダの上に散らしていると、フレーナは強気な顔を機嫌悪そうに歪《ゆが》めて悪態を吐きはじめた。

「優秀は優秀でも、あんな性格悪いんじゃいろいろ台無しだろ」

「性格のことをお前《フレーナ》が言うかね？」

「ソラこそ自分の胸に手を当ててみろよ！」

「馬鹿《ばか》言うな。お前じゃあるまいし、自分の胸を弄《いじ》くる趣味はねぇよ」

「……どういう意味だコラ？」

「自分の胸に手を当ててみろよ」

俺が口元を持ち上げると、フレーナはぴくぴくと眉間《みけん》を痙攣《けいれん》させる。だが、何度もしつこく深呼吸して無理やり自分を落ち着かせて「……話が逸《そ》れたな」と話題を修正した。

ちっ、この話題は耐性ができてしまったか？

「……ともかく、優秀な上に見た目は良いのに性格が最悪なんだ。あたしたち《「エンジェル・フェイス」》への嫌がらせも率先して突っ掛かってきてたしな」

「顔を合わせたら、必ず笑い物にしてましたからね」

皿を並べながら、ソフィーも愉快ならざる顔で同意した。

「ふぅん。そうなると、これからもいろいろちょっかいを出されると思っといた方が良いか」

幼さに似合わぬ嘲笑を思い出すに、放って置いてくれるとは思えない。厄介なことだと思うが……それと同時に面白い、とも思う。

「マスター、またお顔が怖いですよー？　まるで何の罪もない幼女を毒牙《どくが》に掛けようとする変質しゃぁぁぁああああああああっ！」

　ポンコツはソフィーたちの座るテーブルを飛び越えて壁に「べちゃん！」と張り付く。部屋の隅に控えていたサーヴァントロイドが首をひねって頭上を見上げた。

「――優秀で成果も出してる天才児ってなら好都合だ」

　このアルテミシアでも一目置かれるプレイヤーなら、返り討ちにしてやればそれなりにインパクトもあるだろう。『エンジェル・フェイス』の、ひいては俺の評価を覆す材料になるかも知れない。

　何しろ俺は、有用であるという事を示さねばならない。『出来損ない』の俺が軌道世界で、宇宙で活躍できると示すには、《オービット・ゲーム》という究極の無重力下戦闘で成果を上げるのが一番手っ取り早い。

　その為《ため》にも、身体作りは重要だ。

　作り上げた晩飯へさっそく食らい付く。ソフィーとフレーナは今夜も「美味《おい》しい！」「うんま！」と目をキラキラさせながらフォークとナイフを動かす。

　飯炊きは生きる為の必要条件ということで鍛えられたスキルだが、褒められれば悪い気はしない。俺もチキンピラフを口に運ぶ。うむ、今日も塩加減が絶妙だ。

　そうして食事に集中して食後のコーヒー（これも俺が淹《い》れている）を飲みながら、この頃《ごろ》習慣になりつつある簡単なミーティングとなる。

「やっぱり、メンバーが三人だけってのはいかんな」

《オービット・ゲーム》の試合参加人数は三人以上五人以下と定められている。現状、『エンジェル・フェイス』はリーダーのソフィーにフレーナと俺の三人だ。ぎりぎり参加人数に足りているだけでは、取り得る戦術の幅も極端に狭い。

「そもそも去年はどうしてたんだ？　元のメンバーをもう一度引っ張り戻せないのか？」

「実は去年も、五人には足りてませんでした。四人でなんとかやりくりしていました……」

ソフィーが恥ずかしげに身体《からだ》を縮こまらせて説明する。

「二人の内お一人は、すでに卒業してしまわれました。もともと一年だけという約束でしたし」

「先輩、ほんとにイイ人だったよな……」

フレーナが懐かしそうに呟《つぶや》く。

卒業してるならしょうがないか。

「んで、あと一人は？」

俺が問うと、二人は複雑な面持ちで顔を見合わせた。しばらく説明役を押し付け合うように視線を交差させていたが、やがてソフィーが重々しく口を開く。

「……マリー・ハイアットです」

「………あぁ、なるほどな……」

おそらく今の俺も、二人と同じような何とも言いがたい曖昧《あいまい》な顔になっているだろう。

マリー・ハイアットは、現在のアルテミシア宇宙学園の生徒会長にして、理事長代行という肩書きまで持っている少女だ。アルテミシアの母体である月開発公社の有力者の娘であり、俺の（一応の）恩師であるフィラ・グレンリヴェットの教えを受けていたこともあるそうで、俺にとっては姉弟子に当たる。レベルEの俺が軌道世界の暗黙の了解で爪弾《つまはじ》きにされないよう、編入の際にも骨を折ってくれた。

……が、どうにも人を食ったところがある。誰《だれ》かの要望を叶《かな》えるのと一緒に、ちゃっかり自分の利益も確保する抜け目なさと、それを悪びれないふてぶてしさを兼ね備えている。

思い出すたび微妙な顔にならざるを得ない曲者《くせもの》だ。

「……味方にしたら心強いような気がしないでもないが、生徒会長様じゃ無理だろうな」

あの厄介な女の『理事長代行』の肩書きは伊達《だて》ではなく、彼女はこのコロニーの実質的な責任者だ。多忙なのは想像に難くない。

「やれやれ……なにかこう、厄介な問題児とか、爪《つめ》を隠した劣等生とか、そういうのに心当たりないのか？」

「そんなに癖の強い人はなかなかいませんよ……というか、そういう方々限定なのですか？」

「せっかくの『半端チーム』だろ？　優等生を入れたって面白くないだろ？」

なにせ現状からして、家に一泡吹かせてやろうと出奔した家出娘、発信出力ばかり強くて受信がからっきしの念話使い《テレパス》、おまけに無重力適応ゼロと診断された『出来損ない《レベル・エラー》』と、およそ普通な奴《マトモなやつ》がいない。優秀な特種《エリート》に疎まれていることもあるし、それならとことん常識外れの方が面白い。

とはいえ、そうそう見込みのある問題児が転がってる筈《はず》もなく、メンバー補充については保留のままで話し合いは終わった。

3

さすがに昨日の今日で呼び出されることもなく、比較的平和に授業が終わった。このまま放っておいてくれればいいと心底思う、実に有意義な平日だった。

フレーナ辺りには「嘘《うそ》つけ」と難癖付けられるだろうが、俺だって好き好んで騒ぎを起こしたいワケじゃない。俺はあくまで宇宙を飛び回るために宇宙学校にやってきたのだ。平和に授業を受けられるに越したことはない。

教室の前方では、教育実習生のアオが生徒たちに取り囲まれている。他校であっても『瞬星《トウインクル・スター》のアオ』の人気は不動のものだ。何せ飛び級するほどの優秀さと、極めて希少な遺能《いのう》を持ったレベルA《発現者》で、身内贔屓《びいき》もあるがあの容姿だ。アイドル視されるのも仕方ない事だ。

だから俺は邪魔をせぬようひっそりと教室を後にしようとしたのだが、目ざとくそれを見つけたアオは生徒たちを「ごめんなさいね」とばっさり追い払って俺に近寄ってくる。おかげでまたしても殺気混じりの煩わしい視線が俺に集中し、まったくやれやれ、だ。

「……ソラ、ちょっと良い？」

「歩きながらでいいか？　これからソフィーたちと待ち合わせだ」

耳打ちしてくるアオに釘《くぎ》を刺して歩き出した。ソフィーたちと合流する予定は本当だが、歩きながらなのは余計な事を聞かれ難いようにするためだ。聞き耳立てた連中を気にするのは面倒だ。

俺の横にぴったり寄り添いながら、アオはとっておきの内緒話でもするようにウキウキした表情で話し始めた。

「実は昨日、正式に『《オービット・ゲーム》の指導をして欲しい』と言われたの」

「まぁ、せっかくの人材は活用したいだろうからな」

「生徒や教師、はてはアルテミシアを援助する軌道企業からも矢の催促だったらしいわ。私はただソラと一緒にいたいだけなのに」

「そう言ってくれると幼馴染《おさなな》《じ》み冥利《みょうり》に尽きるな。……で？」

「でね、ソラのチームには確か顧問が――」

「——霧島《キリシマ》アオ先生！」

進行方向から緊張した声が上がった。

見れば廊下の真ん中に、とても小柄な——幼い人影が立っていた。

リズ・ポーターだ。

俺にヒネリの利いた悪言を披露してくれたお子様は、ガチガチに緊張して直立しつつ、興奮と憧《あこが》れを天使のような顔に滲《にじ》ませてアオに熱い視線を注いでいた。

「……あなたは？」

「は、はい！　私は『ブルームーン』のリーダー、リズ・ポーターと申します！」

「……そう。それで、リズ・ポーター？　私に何かご用かしら？」

会話を中途半端に邪魔されたアオはご機嫌斜めな声で問い掛けるのだが、リズは興奮と緊張で気付かないらしく、名前を呼ばれてぱぁっと顔を輝かせて用向きを告げた。

「き、霧島先生が《オービット・ゲーム》の指導を了承すると伺いました。是非とも『ブルームーン』の顧問になって下さい！　私、ずっと霧島先生に憧れていて……お願いします！」

リズは勢い良く頭を下げた。

しかし頭を下げられたアオは、まるで興味なさげにリズの青い髪を眺めるだけだった。

「悪いけれど、私が指導をするチームは、すでに決まっているのよ」

そう言うと、アオは事の成り行きを見守っている周りの生徒たちにも知らしめるように、俺の手を引いて高々と宣言した。

「私は『エンジェル・フェイス』の顧問になります。残念だけど指導役は別の人を探して下さいね、リズ・ポーター」

にっこり言い渡された青髪の少女は、ばっと顔を上げてまじまじとアオの顔を凝視する。まるで悪い冗談でも聞いたように啞然《あぜん》としていたが、アオに嘘偽りの色が微塵《みじん》も見出だせないと、徐々に身体を震わせはじめた。

「……ッ！」

可愛《かわい》らしい顔を怒りに染めて俺を睨《にら》むと、リズは背を向けて一目散に走り去っていった。

別に俺は何もしていないのだが、まるでイジメてしまったような後味の悪さを感じてしまう。

「何も言わずに行ってしまったけれど、どうしたのかしらね？」

「……さぁ、な」

突き刺さる視線の群れに肩を竦《すく》めつつ、俺は胸の内で確信した。

早晩またぞろトラブルが起きる、と。

※　※　※

胸元に伸びてきた手を弾《はじ》くと、相対するフレーナの体勢がぶれた。俺は大胆に前進し逆に肘打ちを繰り出す。間一髪でフレーナは身を捩《よじ》り、受けた衝撃も利用して後退した。肘《ひじ》に残る手応《てごた》えの軽さに、俺は機嫌よく口元を持ち上げた。

「いいぞ。ようやく俺の教えが染み込んできたらしいな」

いま俺とフレーナが訓練を行っているのは重力区画のトレーニングルームだが、なるべく無重力下戦闘を意識した立ち回りをしている。

重力下でもそうなのだが、こと無重力での格闘ではいかに身体から力を抜くかが重要だ。力んだ筋肉では瞬発力が落ちるし、何より局所的な衝撃が大きくなる。スポンジと金属のどっちが衝撃を吸収できるかなど自明の理だ。

「……染み込むっていうより、叩《たた》きつけられてるけどな……」

肘が掠《かす》めた肩を擦《さす》りながら、フレーナはじろりと俺を睨み付けた。

俺が〝無重力下戦闘のイロハ〟を教え始めて一ヶ月になるが、そもそも俺自身が児童養護って言葉を銀河系の果てまで吹っ飛ばすようなスパルタ教育の被害者だ。まともな教え方なんて出来る筈もないから、実践訓練になるのはやむない話だった。

恨めしげな目を向けるフレーナに、俺は拳《こぶし》をぽきぽき鳴らしながら口の端を持ち上げた。

「この程度で音を上げてもらっちゃ困るなぁ」

――十分後。

呼吸すら苦しそうに精根尽き果てたフレーナを、俺はにやにやと腕を組んで見下ろしてた。

「ぐ……お、鬼……ドS……」

「お望みならその通りにしてやろうか？　オトコノコとしちゃ、女の子のお願いは断れんからなあ」

俺がくつくつ笑うと、フレーナは脱兎《だっと》の勢いで立ち上がってフェンリルに駆け寄りその背に隠れた。

「お、お前がその顔で言うと冗談に聞こえないんだよっ！」

「まったくですよねー。マスターはもう少しご自分の顔がサディスティック検定A級の自覚をお持ちになられぎゃふん！」

部屋の隅のポンコツに靴を投げつける。うまい具合に顔に嵌《はま》って転げまわった。

普段ならこの後連続でソフィーにも稽古《けいこ》を付ける所だが、生憎《あいにく》と彼女は急用とやらで遅れてる。まだ体力は余ってるが、大人しくフレーナの近くに座って休憩にした。

「しかし、ソフィーは一体何の用で生徒会長になんぞ呼び出されたんだろうな？」

休憩の時間潰《つぶ》しにと話を振ると、フレーナは「さぁな」と短く返した。

「あたしが知るわけないだろ」

「おいおい、ちゃんと空気を読めよ。こっちから振ったんだから、今度はそっちが話を膨らましてくれなきゃ」

「……見てわからないか？　無駄話が面倒になるくらいに疲れてるんだよ。誰かさんのおかげでな」

「そいつは失敬」

俺は肩を竦めた。

しばらくは無言で身体《からだ》を休めたが、すこししてフレーナがそわそわと俺をちら見しはじめた。無駄話がしたくなるくらいには回復したらしい。

「……おい、ソラ」

「なんだ？　面倒な無駄話がしたくなったか？」

「……お前、ソフィーともうキスくらいしたのか？」

「おいおい、ちゃんと返してくんないと悲しくて泣いちゃうよ、俺？」

「真面目《まじめ》に答えろよ」

「真面目に答えると思ってんのかよ」

俺は鼻で笑った。

「だいたい、何でお前がそんなこと気にする？」

「ソフィーはあたしの恩人だ。気になるのは当然だろ？」

商業科に所属するフレーナは、本来なら《オービット・ゲーム》には参加できない。娯楽ならともかく、宇宙学園の許可を受けてLEOゲームに参加できる公式認可チームは航宙科特種のみだ。教育の平等性というお題目から明文化はされていないが、軌道世界ではすでに暗黙の了解としてまかり通っている。そんな暗黙の了解に喧嘩《けんか》を売るようにして誘ってくれたソフィーに、フレーナはかなりの恩義を感じているのだ。

「それが、なんでキスの話になる？」

「……ソフィーの身の上はお前だって知ってるだろ？」

「婚約者――というか〝種馬〟がすでに決まってるってハナシならな」

絶大な念動力場《サイキネ》を操るレベルA《発現者》《ノーブル》のソフィーだが、その強すぎる遺能の反動か、全力で力を振るうと貧血や代謝異常などといった症状を起こしてしまう。おそらく、ゲノムに偏在するAA因子の活性が強すぎて他《ほか》の働きを阻害しているのだろう。

普通に過ごす上では何の問題もないのだが、高レベル《発現者》が幅を利かす中では『能力を発揮できない失敗作』と冷遇されていたらしい。

一方で高いAA因子活性を持っているのは事実なので、『〝肚〟としては優秀かも知れない』と、子供を生むための機械のように見られていたそうだ。

宇宙へ活発に進出するような時代に古代の貴族《ノーブル》みたいなハナシだが、遺伝に大きく影響されるからこそ遺能だ。軌道世界をリードする五大財閥の一族としては、次代に強力な

のだ。

《発現者》を遺《のこ》そうとするのは至極当然の考えなのだろう。

もっとも、本人にとってはたまったものじゃない。

だからソフィーは、失敗作という烙印《らくいん》と、子供を生むだけの機械という勝手な考えを押し付ける一族を見返す為《ため》、家の庇護《ひご》を飛び出して『エンジェル・フェイス』を立ち上げたのだ。

「んで？　それとキスとどう話が繋《つな》がるんだ？」

「……言わなきゃ分かんないか？」

ジトッとした眼《め》付きをするフレーナだが、俺は口の端を吊《つ》り上げて肩をすくめた。

「ぜひとも教えて欲しいね。人生の先達であるフレーナ先輩？」

「こういう時だけ年下って言うくらいなら普段から後輩らしく振る舞えよ！」

歯を剝《む》いてがるると唸《うな》るフレーナ。アオも犬っぽいが、こいつもこいつで犬っぽいやつだ。

フレーナはしばらく威嚇していたが、自分を落ち着かせるように深呼吸すると真面目な顔で俺を睨んだ。

「……分かってるだろ？　ソフィーはお前に気がある」

「んー、そうかもな。いくら俺がカッコイイとはいえ、惚《ほ》れっぽいお嬢さまだ」

「はぐらかすなよ」

怒った声で――真面目に怒った声で言ってくるフレーナ。俺が面倒臭さを隠さない目を向けると、なにやらご主人様を守らんとする忠犬みたいな顔をしていた。

「……ソフィーは、ずっと頑張ってきたんだ。勝手に見下されて勝手に人生を決められて、一人きりで戦ってきたんだ。お前ならそんなソフィーの気持ちが分かるだろ？　だから――」

「だから、なんだ？　俺がソフィーを慰めてやれとでも言うのか？」

勝手なことばかり言い募るフレーナを、俺は思い切り鼻で笑ってやった。

「ソフィーは確かに俺に気があるかもな。それで？　俺が抱いてやってあいつを喜ばせてやれって？　大人の運動で汗を掻《か》いた後で『辛《つら》かったよな。分かるよ』と慰めろって？ついでに朝のモーニングコーヒーを淹《い》れてやれってか？」

俺の台詞《せりふ》に、フレーナはみるみる内に顔を赤くした。まったく、これくらいで恥ずかしくなるくらいなら、こんな事を言うなっての。

「はんっ。ごめんだね。なんで俺がそんな傷の舐《な》め合いみたいな真似《まね》をしなけりゃならないんだ。バカバカしい」

「けど、ソフィーは、お前を――」

「ソフィーが俺を好きかも知れないってのと、お前がおせっかいを焼くのはまったく別の問題だ。お前、何でそんなおせっかいを焼く？」

「それは……」

「ソフィーが恩人だからか？　歪《いびつ》な能力に諦《あきら》めかけてた自分に勇気をくれた恩人だから？　何かあいつを勇気づけてやりたいって？」

「…………」

「阿呆《あほ》か。だいたい慰めなんてもんを、あいつが必要としてるもんかよ。あいつ《ソフィー》は欲しいものを自分で手に入れようとしてるんだ。だったら、俺もあいつ自身の力で手に入れなきゃだろうが。そんな風に俺をけしかけるのは、むしろソフィーに対する侮辱だ」

「……そうだけどさ……ソフィー、この頃《ごろ》とっても楽しそうなんだよ……だから、もっと報われて欲しいから……」

フレーナは消え入るような声を出すと、体育座りになって顔を膝《ひざ》に押し付けた。

……やれやれ。どうにも面倒臭いな、こいつ。

ソフィーに何かしら勇気付けたいとか恩返ししたいとか思ってるからこんなこと言い出したんだろうが、こいつ《フレーナ》が未《いま》だ『エンジェル・フェイス』に所属して一緒に戦っている、というのがソフィーにとって一番頼もしいって事が全然分かってない。

ま、しょうがない話かもしれないが。

俺にも経験があるが、一度心が折れた人間は、『自分は無力だ』って考えをなかなか払《ふっ》拭《しょく》できないもんだからな。

「──そもそも、だ。お前の物言いは、俺がソフィーに好意を持ってるって事が前提じゃねーか」

「前提じゃねーかって……まさか、ソフィーに不満があるのかっ？」

膝から顔を引《ひ》き剝《は》がし、フレーナは驚愕《きょうがく》しながら俺の顔を凝視した。

「美人で頑張り屋で一生懸命で、しかもあんなエロい身体してるソフィーの何が不満なんだよっ!?」

「……確かにエロい身体してるが、もうちょっと言葉選んでやれよ……まぁ、ソフィーは嫌いじゃねぇが、俺の好きな奴《やつ》が他にいたらどうするんだ？」

「他？　まさか、あの傲慢《ごうまん》女じゃないだろうな！　幼馴染《おさなじ》みだかなんだか知らないが、それだけは許さないからな！」

「おいおい……ほんとうに分からないのか？」

意味ありげに笑い掛けると、フレーナはぽかんと呆《ほう》けたように顔を緩ませる。が、俺の視線が固定されて微動だにせずにいると、徐々にその顔が引き攣《つ》り、頰《ほお》が朱に染まっていく。

「お、おい……なんでそんなに見詰めるんだよ……ま、まさか、だよな……」

「……お前が悪いんだぞ？　あんな風に誘うから」

「ひぅ……さ、誘ってなんて……」

耳元に囁《ささや》きかけてやると、フレーナはびくっと身体を震わせた。なかなか可愛《かわい》い反応だ。

「だ、だいたいいつもお前、あたしの……その……む、胸とかばかにしてるじゃないか……」

「言わせるのか？　あれは照れ隠しだったって？」

「そ、それは……み、耳はだめ……」

「そうか？　なら……」

「あっ、ぁ……」

ひょいと軽く小突くと、フレーナの身体はあっさりと倒れた。両腕をかるく摑《つか》んで覆いかぶさると、いつも威勢のいい娘が、まるで生まれたての仔犬《こいぬ》みたいに震え出す。

「そ、ソラ……だ、ダメだ……ふぇ、フェンリルやシャーリーが……」

「あいつらならとっくに知らんぷりしてる」

俺が指摘すると、フレーナが慌てて自分の相棒に目をやる。狼《おおかみ》犬型のサーヴァントトロイドは、壁に向かって頭部を固定していた。俺のポンコツも、ついでにその頭に乗っかっている。

「……聴覚も切っておくから、オレのことは気にするな」

相棒の言葉に、フレーナは「ひぇっ？」と弱気な悲鳴を漏らす。

「それじゃ……」

「そ、そんな……ぁあ……ま、ママ……」

フレーナはぎゅっと目を瞑《つぶ》った。おまけに、非常に切ない声を漏らして耳まで真っ赤にしている。

その、あまりに真に迫った姿に、俺は――

「――――ぷっ！　あっはっはっはっはははははは！　あ――ははははははははははははっ！」

いかん、もう少し勿体《もったい》つけようと思ったのに我慢の限界だった。

ゲラゲラ笑いを続ける俺を見て、フレーナはまたもやぽかんとするが、今度は顔を怒りの赤に染め上げる。

「こ、のっ！　やっぱりおちょくってやがったな！」

犬歯を剝いて吠《ほ》えるフレーナ。振り回される手足をひょいと避け、立ち上がった俺は腹を抱え身体《からだ》を折って尚《なお》も笑い続ける。

「あ――はっはっはっ！　あひゃひゃひゃひゃひゃっ！　げひゃひゃひゃははははっ！　いぃぃ――――ひっひっひっひ！」

「笑うんじゃねぇ糞《くそ》野郎《》！」

怒りの声とともに飛《と》び蹴《げ》りを繰り出してくるフレーナ。

俺は笑いながらフレーナの蹴りを受け止め、足首を摑んでぐるりと逆さ吊りにした。

「ひゃわわっ！　こ、このっ！　降ろせ馬鹿《ばか》ソラ！」

「降ろさねーよ。俺が笑うのに飽きるまでな。ぎゃはははははははははっ！」

大笑いを続ける。

フレーナは逆さ吊りの状態から健気《けなげ》にも反撃を試みるが、俺が軽く揺すれば何も出来ない。出来る事といったら、せいぜい憎まれ口を叩《たた》くくらいだ。

「この馬鹿ソラ！　性格ブス！　卑怯《ひきょう》者《もの》！　降ろせ変態野郎っ！……ぐすっ……降ろせよバカぁ……降ろせぇ……すんっ……」

悔しさのあまりか、罵倒《ばとう》がだんだん湿っぽくなってきた。さっきのひよわな真似も面白かったが、張った虚勢が徐々に剝がれていく様子はなんだか妙に愛《いと》おしくなってくる。

……変な趣味に目覚める前に、吊《つ》り下げたフレーナを放った。

放り出されたフレーナがばたりと仰向けに倒れる。暴れ疲れたのか、フレーナは立ち上がる様子もなく、そのまま俺を恨めしげに睨《にら》み上げた。

「……このクソ野郎……！」

「先にお前がつまらねぇ事言うからだろうが」

便所座りになって顔を近づけ、俺は「はっ」と笑い飛ばした。

「元気付けたいなら、自分でやれ」

「……分かったよ」

頭突きをかますように勢い良く身を起こすが、俺は余裕を持って顔を反らす。舌打ちし、フレーナは腕を組んで胡座《あぐら》をかき、不貞腐《ふてくさ》れたように顔を斜めに向けた。

「……ふんっ。お前に親切心なんて期待したあたしが馬鹿だった……もう二度とお前に頼まないよ」

「そうしてくれると嬉《うれ》しいねぇ」

この話はもうこれきりと言外に含めるフレーナに、俺は口の端を持ち上げて応《こた》えてやった。出来ればしっかりと謝罪の言葉をいただきたいところだったが——大笑いさせてもらった事で勘弁してやる。

そうして馬鹿笑《ばかわら》いと馬鹿騒ぎの気配もどっかに行った頃《ころ》、トレーニングルームの扉が開いた。

呼び出されていたソフィーと、何故《なぜ》かアオまで一緒に入ってきた。

「——何かあったのか？」

ぐったりと疲れた様子のソフィーに問い掛ける。

「……ええ、まぁ、いろいろと……」

俺の質問に、ソフィーは深々と嘆息した。

「……呼び出されたのは、顧問の件でした」

「その女を押し付けられるって話だったのか」

フレーナがアオを睨んで吐き捨てた。アオを嫌っている人間にすれば「冗談じゃない！」話だろうが、どうにも疲れきったソフィーの様子はただそれだけじゃなさそうだ。

案の定、ソフィーは首を振って、アオに恨めしげな視線を向けた。

「……他《ほか》のチームから総抗議があったそうです。『瞬 星《トウインクル・スター》』のアオを半端チームが独占するなんて納得出来ない』と」

「独占なんてしたくないし！」

怖気《おぞけ》が走ったような顔でフレーナが叫ぶ。

「けど、それならそれでイイじゃん。是非ともその女には他のチームの顧問をやってもらえば」

「……それで済んでれば、話は簡単で、もっと短時間で終わったでしょうけど」

と、アオを見るソフィーの目付きが、どんどん恨めしさを増していく。

「……アオさんは頑として『エンジェル・フェイス』の顧問になると譲りませんでした。お陰で生徒会長に集められた公式チームのリーダーに睨まれたり怒鳴られたり……」

「余計なお世話だわ。何処《どこ》のチームの顧問をしようと私の自由でしょうに」

一方でアオはけろっとしている。話し合いの席でもこうだったなら、律儀なソフィーがずっと矢面に晒《さら》されていたのだろう。

「……アオさんほどのプレイヤーが絡《から》むと複雑ですからね。それで、マリー生徒会長が提案をしたんです」

「そんなに気に入らないなら試合をして決めろ、とでも言ったか？」

俺の言葉に、ソフィーは目を丸くした。

「……え、ええ、その通りです。よく分かりましたね？」

「簡単な推理だよワトソンくん。そういう分かりやすくて派手なパフォーマンスが好きみたいだからな、あの生徒会長は」

油断ならない金色の眼《め》を思い浮かべて肩を竦《すく》める。

俺の推理を聞いたソフィーは眼をキラキラさせ感心していたが、すぐに顔色を曇らせた。

「その顔からすると、了承せざるを得なかったようだな」

「ええ……一週間後、試合をすることになってしまいました。試合形式は基本のフィールド・シャッフルにフラッグ・ダウン。私たち『エンジェル・フェイス』が負けたら、アオさんの顧問の話は白紙に戻すと」

「独占は禁止なんだろ？『エンジェル・フェイス』の顧問じゃなくなったら、どうやって顧問先を決めるんだ？バトルロイヤルでもするつもりか？」

「籤《くじ》で決めるそうです……『エンジェル・フェイス』以外のチーム全《すべ》てで」

「それはそれは」

ようするに半端チームがいい目を見るのが我慢ならないってだけの話だ。馬鹿馬鹿《ばかばか》しいくらい単純なやっかみだが、単純なだけに根深い。勝ち負けでハッキリさせなきゃ、話し合いだけじゃ堂々巡りだろう。

「面倒臭い話だな。んで？　まさかアルテミシアの公式チーム全部と戦《や》るワケじゃないだろ？　どこと戦うことになったんだ？」

「……当校における《オービット・ゲーム》の一番手、『ブルームーン』です」

「――――ほぅ」

その名を聞き、俺は口の端を吊り上げた。

『ブルームーン』――あのステキな青髪のお子様の率いるチームか。

「――こいつは面白くなってきた」

俺がご機嫌に手を打ち鳴らすと、すぐ横のフレーナがなぜだか白い目を向けてきた。

「何やる気出してるんだよ？　そんなに幼馴染《おさななじ》みにこ、こ、ここ、個別指導して欲しいのかよっ？」

「恥ずかしくて噛《か》むくらいなら慣れない皮肉なんぞ言うな。それに勘違いしてるようだが、別にアオの顧問問題にはまったく興味ない」

ピシリ、とどこかでなにかが瞬間凍結したような音を聞いた気がしたが、たいした問題じゃないので話を続けた。

「鴨《かも》が葱《ねぎ》と鍋《なべ》とついでに割下まで持参して飛び込んできてくれたんだ。これは歓迎しなきゃならないだろうが」

「カモ《ダック》？　ネギ《リーキ》？　鍋は分かるがWARISITAってなんだ？」

「料理の出来ないオンナには意味ないものだ。気にするな」

フレーナはむっとしたが、自覚はあるのか口は閉じたままだった。

「何にせよ、実力のあるチームと戦えるんだからチャンスと思わなきゃな。なにせ『エンジェル・フェイス』と練習試合してくれるチームはアルテミシアの中にはいないんだからな。ここで勝てば今期のLEOゲームに向けての弾みにもなる。おまけに生意気なお子様の鼻っ柱も叩き折れる。一石二鳥の憂さ晴らしじゃないか」

「……ま、確かにな。別にあの女を顧問に欲しいわけじゃないが、散々馬鹿にしてくれたリズ・ポーターを打ちのめすのには大賛成だ」

そう言って、フレーナもにんまり笑って犬歯をのぞかせた。

「やる気なのはいいのですが……」

ソフィーが、何故か突っ立ったまま硬直しているアオから離れ、俺とフレーナの前に寄ってきた。

「相手はLEOゲームで百位圏内のチームですよ？　リズ・ポーターは年齢を実力でねじ伏せた本物の天才児です。そんな相手に、勝てるつもりですか？」

「んじゃ訊《き》くが——ソフィーは『負けてやる』つもりで、試合を了承してきたのか？」

「…………いいえ」

問い返されたソフィーは首を横に振り、ゆっくりと唇の端を持ち上げた。上品な面立ちをしているのに、その笑みはしっかりと強気と勝ち気で形作られている。せっかくの深窓のお嬢様然とした雰囲気が、じゃじゃ馬やらお転婆といった印象で上書きされる。

「——勝ちます。戦う以上は、絶対に勝ちます」

「もちろんだ！」

フレーナが声を上げる。

いつの間にかサーヴァントロイドたちも集まってきて、主《マスター》の言葉に同調して頷いていた。やる気と勝ち気にあふれたチームメイトとその相棒たちに、俺はますます楽しくなって口元を持ち上げた。

「よし。ならさっそく特別メニューを組むとするか」

そう言った途端、ソフィーとフレーナがぎくりと肩を震わせた。

「……特別、メニュー……」

「ソラ……それって……」

「そりゃもう、いろいろ準備しなきゃいけないからな。食事メニューも短期特訓用に栄養分を変えないと」

脳内スケジューラーを立ち上げてワクワクしていると、ソフィーとフレーナが抱き合ってガタガタ震え始めた。まるで死神と対面したみたいに青褪《あおざ》めた顔で俺を見ている。失礼な奴《やつ》らだ。

「そりゃそうですよー。マスターの『特別メニュー』は生来のマゾヒストも泣いて逃げ出す過酷さじゃないですかー。あんなのマスターみたいな天文学的な変態さん以外には受け付けませんよー。おまけにそんなメニューを考えて悦にいるマスターのお顔は、まるで無実の乙女をいたぶる魔女狩り時代の拷問官じみた狂気が滲《にじ》み出《で》てますしー」

「そうかそうか。それじゃあ中世に行って実際に確かめてこい。時間の壁を超える手伝いをしてやろう」

「空気の壁超えちゃううぅぅ〜〜ッ!」

すっ飛んでくポンコツだったが、残念ながら時間の壁どころか部屋の壁すら越えられずに跳ね返った。時速88マイルには今一歩届かなかったらしい。

「よし、さっそく今日から始めるぞ」

いまだ固まったままのアオに部屋の戸締まりを頼むと、俺は涙目になった二人を引《ひ》き摺《ず》ってトレーニングルームを後にし、無重力区画へと向かっていった。

※　※　※

「……っ……疲れ、まし……た……」

自宅に戻った途端、ソフィーリアはばたりと玄関先に倒れ込んだ。

「お嬢さま……」

肩の上で、マーリンが咎《とが》めるように嘴《くちばし》を開く。

行儀が悪いのは分かっているが、体力はすでに尽きていた。もはや外面を取り繕う気力すら、地獄の訓練を受けたソフィーリアには残っていなかった。

「まったく、だらしないねぇ」

ソラがやれやれと溜《た》め息《いき》を漏らす。ソフィーリアとフレーナの二人相手に動き回っていたというのにけろりとしている。あきれ果てた体力だ。

ソフィーリアが微動だに出来ないでいると、ソラは肩を竦めてソフィーリアの襟首を摑《つか》んでずるずると引き摺りはじめた。家主に対してもう少し優しく扱って欲しかったが、そんな文句を言うのすら億劫《おっくう》だった。

が、

「まったく。手間を掛けさせてくれるな」

彼の手が下半身に伸びてくると、さすがにソフィーリアも「ひゃあ！」と悲鳴を上げて転がるように遠ざかった。

「な、何をするんですか！」

「自分で動けないんじゃ、俺が着替えさせてやるしかないだろうが」

脱衣所の壁に寄りかかり、ソラはにやにやと笑った。

「さっさとシャワーを浴びろよ。それともあれか？　俺に洗って欲しいってなら手伝ってやってもいいが？」

両手の指を見たことがないくらい柔軟に蠢《うごめ》かせるソラに、ソフィーリアはぶんぶんと首を横に振る。

「け、結構です！」

「なら、さっさとシャワーを浴びろ」

手を引っ込めると、ソラはさっさと脱衣所から出て行ってドアを閉めた。

残されたソフィーリアは、嘆息しながら汗まみれのトレーニングウェアを脱ぎはじめた。

「……ほんと、人間って何にでも慣れてしまうんですね……」

少し前はリビングのソラが気になって着替えるだけで恥ずかしくなって手が止まったものだが、下着をカゴに放り込むのもいまや完全に流れ作業である。

ソラとルームシェアをしてもう一ヶ月になるが、彼が勝手に脱衣所や風呂場《ふろば》に入ることは皆無だった。口も性格も扱いも悪いが、プライベートな領域はきちんと区別している。

「ふう………」

熱いシャワーを浴びて一息ついたソフィーリアは、なんとなく身体《からだ》を擦《こす》る手を止めて自分の身体を見下ろした。

　自分で言うのも何だが、同年代と比べても肉付きはいい。胸の形だってなかなかのものだ。お尻《しり》は――ちょっと大きいかもしれないが、《オービット・ゲーム》に打ち込んでいるお陰で余計な贅肉《ぜいにく》は付いていない。例えば――霧島《キリシマ》アオと比べても、それほど見劣りはしないはずだ。

「……なんの兆候もないのは、なんだかモヤモヤします……」

「お嬢さまは、ソラさまに覗《のぞ》いてもらいたいのですか?」

　ともにシャワーを浴びるマーリンが、ぶるりと身体を震わしながら言った。

「お嬢さま……不肖このマーリン、お嬢さまのそのお考えは少々不健全かと思いますが」

「べ、別に見られたいわけではありません!」

　ソフィーリアは濡《ぬ》れた白金の髪をぶんぶんと振り回しながら否定する。

「けど……それはそれでちょっとプライドが傷つくというか……ソラさん、わたしが何かしてもケロッとしてるんだもの……」

　実を言えば、ソフィーリアはそれなりにソラにちょっかいを出している。

　例えば、朝起きるときはわざとパジャマを着崩して姿を現すのだが、ソラはごく自然にスルーして朝食の準備を進めるだけだった。

　そのくせ、こっちが油断している時にはさっきみたいに容赦なくからかってくる。

からかわれ慌てるのは、常にソフィーリアばかりなのであった。

「ちょっとは慌ててくれないと……キッカケにする自信が出てこないというか……」

「はぁ……」

梟《ふくろう》型のサーヴァントロイドは器用に半眼を作り、言外に「面倒臭いなぁ」と呆《あき》れながら主人を眺めた。

相棒の視線に、ソフィーリアは不貞腐《ふてくさ》れたように頬《ほお》をふくらませた。

「一人相撲だというのは分かってるわよ。けど、ちょっとくらい動じてくれないと……負けっぱなしみたいで悔しいもの」

そう、悔しい。

ソフィーリアはシャワーの湯を止めて握り拳《こぶし》をつくった。

出来ることなら、ソフィーリアはソラと同等になりたかった。自分と同じような経験をして宇宙まで上がってきた彼の在り方に、勇気をもらったように思っていた。

だからこそ、一方的にやり込められたまま好意を言葉に出すのは、並び立つのを諦《あきら》めたみたいでなんだか悔しい。

しかし、現在の状況は、

「おう、上がったか。飯はもう出来てんぞ」

エプロンを着けたソラが風呂《ふろ》あがりのソフィーリアを見て言う。リビングのテーブルには、作りたての夕食が美味《おい》しそうな湯気を立てていた。

「……いただきます」

ここ最近で使い方を覚えた箸《はし》で、炊きたての米を口に含む。実に絶妙な炊き加減である。瞬間冷凍パックされた魚の切り身も、何をどうしたのかとても瑞々《みずみず》しくぷりぷりに焼いてあった。はじめは臭《にお》いで抵抗のあった味噌《みそ》スープも、今ではすっかり舌に馴染《なじ》んでしまっている。

美味しい。

美味しいが、理不尽だ。

口と性格と意地の悪さ以外に弱点があれば、少しは可愛《かわい》げがあるのに。

ソフィーリアは内心忸怩《じくじ》たる気持ちを覚えたものの、食事を進める動きは淀《よど》みない。残さず平らげ、すっかり調教された自分の身体への悔しさを食後のお茶とともに飲み込む。

「……ソラさん、なんで家事も出来るんですか？」

ソファに座って端末を弄《いじ》るソラが、ソフィーリアの問い掛けに顔を上げる。彼は器用に片眉《かたまゆ》を上げて首をひねった。

「なんだ？　男が家事できたら変か？　意外と前時代的な考え方をするんだな」

「いえ、そうではなくて……いろいろと身に付ける技術は多かったでしょうに……というか無重力下機動技術や宇宙学知識をあれだけ身に付けているのを見ると、余計なことを学ぶ余裕なんて無いように思うのですが……？」

「ああ、その質問なら答えは簡単だ。家事も必要最低限の技術だった――それだけだ」

「必要……最低限なのですか？」

「自分の身体を最善に保つには、最良の生活空間を確保しなきゃならないからな」

ソラは至極当然のように言ったが、その後なぜか眉と口をねじ曲げた。

「――てのが一応の題目だったが、教育と虐待を取り違えてた性悪女は『お前は友達なんて出来ないだろうから全部自分で出来るようにならないとな』なんてほざきやがった」

「はぁ……」

ソラが『性悪女』と言うのは、彼に軌道世界の知識を教えこんだフィラ・グレンリヴェットのことだろう。仮にも『人類史上最高の頭脳』と呼び称される人物を『性悪女』とするセリフに頷くわけにもゆかず、ソフィーリアは曖昧《あいまい》な声を出した。

ソフィーリアの反応に肩を竦《すく》め、ソラは再び端末に視線を落とした。

「何をやっているのですか？」

「一週間後の試合のシミュレーション」

「もう作り始めているのですかっ？」

先を越されたソフィーリアはショックを受けた。

「……明日、改めて相談しようと思っていたのですが……すみません……」

「そんな詳しいもんじゃない。草稿というか、思い付き程度のもんだ」

端末を操作しながらソラが言った。

「ま、俺はしがない『無能力者《レベルE》』だからな。出来る事を早めにやるしかない」

「ソラさんには〝特別な能力〟があるじゃないですか」

少し前――霧島アオとの試合のことを思い出して、ソフィーリアはソラの言葉を訂正した。

試合中、突如乱入してきた〝光の人型〟とも言うべき脅威に、ソラは自分のサーヴァントロイド――『サーヴァントロイドの女王』としての真価を発揮したシャーリーによって、ソフィーリアとフレーナの遺能《いのう》を移植（？）されて、念動《サイキネ》と念話《テレパス》の力を発揮した。

あれがソラの特異性なのか、フィラ・グレンリヴェット謹製のサーヴァントロイドの機能なのかは定かでないが……あんな能力を見せておいて今更『無能力者』や『出来損ない《レベル・エラー》』もないだろう。

むしろ、積極的に使ってゆくべきではないか？

「……あんなワケの分からないものに頼れるかよ」

ソラはそう言って、面倒臭そうとも忌々しそうとも取れる視線をソフィーリアに向けた。

「けれど……ソラさんが《オービット・ゲーム》をなさるのは、ご自分の軌道世界で通じる能力を示すことでしょう？」

「だからこそだ。あれはポンコツありきの能力じゃないか。ポンコツの機能を使って勝っても『性悪女《フィラ》の造った道具がすごいから』と思われるだけだ。俺は俺の能力を思い知らせるために《オービット・ゲーム》を利用してるんだ。俺を無能だと思ってる奴《やつ》らを捩《ね》じ伏せるには、その無能でやり返してやらなきゃな」

「…………」

すごい、とソフィーリアは思った。

身体に刻みつけた知識や技能もすごいが、日向《ヒユウガ》ソラのほんとうのすごさはこの精神性だ。〝力〟の無さに涙を呑《の》んだ者が手に入れた〝力〟をこうも客観的に見れる事自体、ひとつの奇蹟《きせき》だとソフィーリアは思う。それがずっと欲しかった〝力〟ならば尚更《なおさら》だ。

彼の精神の強靱《きようじん》さは尋常ではない。

どれほどの挫折《ざせつ》と苦悩を経れば、こんな風に為《な》るのだろうか……？

「……わたしも、一緒に手伝っていいですか？」

「ああ。というか『寝るから頑張れ』とか言われたらお仕置きするところだ」

ソラはにやりと口の端を持ち上げた。

──自分もいつかこんな風に、傲慢《ごうまん》に、豪胆に、自信を持って笑えるだろうか？

ソラの横に身を寄せ、ソフィーリアはシミュレーション画面を覗きこむのだった。

第二章 ブルームーン

CHAPTER 2

ORBITGAME VOLUME TWO

1

リズ・ポーターは特注のＧＰＵスーツを身に着けて時間を待った。

既成品のＧＰＵスーツはほとんどの体型に融通が利くようユニット化された設計がされているが、さすがにリズほど幼いプレイヤーは想定されておらず、結果として特注になってしまう。

ＧＰＵスーツは多機能多重薄膜層からなるボディースーツ部に、蓄電器《コンデンサー》や推進器の装備品やプロテクターが貼《は》り付き、胸元にすべての機能を統括する『制御円盤《メダリオン》』が備わっている。装備品やプロテクターに関しては身に纏《まと》う《発現者《ノーブル》》の特性によって、遺能を拡張する装備を付け加えたり、または遺能で賄える機能を取り外すこともある。発現数の多い〝念動〟や〝念話〟に関しては初めからオプション選択が可能だが、発現が稀《まれ》な遺能に関しては特別なカスタマイズが必要となってくる。

リズの遺能も比較的稀《レア》であるので、年齢と体型の問題を別としても装備品が様変わりしていた。嵩張《かさば》る蓄電器が大胆に取り払われてかなりスリム化されている。推進器要らずの念動使いなら珍しくもないが、一方で推進器の数は増えているようだった。

　これらのカスタマイズが特注スーツの価格に結構な上積みとなっているが、それに見合うだけの成果を出し続けているので、『ブルームーン』のチームメンバーから文句が出たことは一度もない。もっとも今のリズは、チームメンバーたちに少なからぬ文句を言いたくてしょうがなかったが。

「やれやれ。半端チームの相手なんて面倒臭いねぇ」

「結果は分かっているのにね。別にわたしたち《ブルームーン》がやる必要はなかったんじゃない？」

　すでに着替え終わった『ブルームーン』のメンバーたちは、リラックスと言うにはいささか緩み過ぎた雰囲気で駄弁《だべ》っていた。

　もっともそれも無理からぬ事で、『エンジェル・フェイス』は最低定員の三人しかおらず、一人はアンバランスな念話使いで、もう一人はＡＡ因子を持たぬ『出来損ない《レベルＥ》』。唯一注意すべきは極めて強力なレベルＡ念動使いのソフィーリア・マッカランだが、一人で取れる戦術などたかが知れている。

　だが、先日の公式チームの継続を左右する試合で、『エンジェル・フェイス』は格上と思われていた『アースクエイク』に勝利している。そもそも勝負は水ものだ。リラックスするならともかく、この空気は看過できない。

「——無駄話はそれくらいにしましょう。結果が分かっている試合なればこそ、全力を以って速やかに済ませてしまわなければ」

チームメイトたちが「リズは心配性だな」と苦笑したが、彼女の真剣な態度にようやく表情を引き締めた。

「………」

リズは落ち着き払った表情の裏で、顰《ひそ》めたくなる眉根《まゆね》を懸命になだめていた。

優れた能力と実績から弱冠十三で宇宙学校の公式チームのリーダーを務めるリズだが、それは裏を返せば能力と実績を示し続けなければならない事も意味する。

実力主義は『実力さえあれば他《ほか》は平等』であることを意味しない。実力主義とは結局のところ『不平等を実力でねじ伏せる』ことであって、マイナス点が——リズで言えば年齢の問題が——帳消しになることはないのだ。

リズ・ポーターは実力と結果を出し続けねばならない。そのリズの目標が『瞬星《トゥインクル・スター》』の二つ名を持つ霧島《キリシマ》アオだった。その彼女がアルテミシアに来てくれた以上、その指導はリズにとって喉《のど》から手が出るほどに欲していたものであった。

「——リズ」

肩に乗った相棒《サーヴァントロイド》のファブニルが、爬虫類《はちゅうるい》の外見とは裏腹な温かな声を掛けた。

「そろそろ時間だ」

「ええ。それでは、行きましょう」

ヘルメットを被《かぶ》り、リズ・ポーターは『ブルームーン』を伴いフィールドへ向かった。

※　※　※

ヘルメットを被り、俺たちは減圧ルームへ入って扉をロックした。

「さて、いよいよだな」

手を打ち鳴らして振り返るが、ソフィーとフレーナはぐったりした様子でぷかぷか浮かんでいた。

「おいおい……試合前なのになんだよ」

俺が呆《あき》れた声を出すと、ソフィーとフレーナが恨めしげな視線を返してくる。

『……この一週間の地獄を思えば、当然の反応かと思いますけど?』

「大げさな。俺はハートマン軍曹みたいに『死ね!』だの『ゴミ!』だの『貴様らみたいなウジ虫が空気を消費するのが我慢ならん!』だのってどやしたりせず、優しく丁寧に教えたつもりだが?」

西暦から変わらぬ鬼軍曹の代名詞を挙げて肩を竦めると、アンニュイな雰囲気をまき散らしていたソフィーが皮肉げに笑った。

『ええ、罵声《ばせい》の類《たぐい》はありませんでしたね。けれどシャーリーさんじゃありませんけど、サディスティックな拷問官めいた笑顔で「無重力大車輪百連続」やら「綱なし無重力バンジージャンプ」やらを延々と強要されれば疲労困憊《こんぱい》もしますよ!?』

言ってる内に記憶が蘇《よみがえ》ってきたのか最後の方は涙目涙声だった。

「ちゃんと昨日は一日休みにしたから回復してるだろ？　そもそも飯だって毎回毎回あんだけ食ってれば体力だってバッチリだろうが」

『それを言わないで下さい！』

ソフィーが慌てて叫んで耳を押さえるが、もちろんヘルメットの上からじゃ無意味な行動だ。フレーナも何やら複雑な顔でスーツに包まれた腹やら腰やらを撫《な》ではじめた。

『……疲れてたから出されるままに食べてたけど、一度冷静になるとこの一週間の摂取カロリーはヤバイよな……成長期とはいえ女が食べていい量じゃないぞ……』

二人揃《そろ》って腹回りの心配とは、女ってのは面倒な生き物だ。クレオパトラや楊貴妃《ようきひ》の時代からこっち、眉唾《まゆつば》なダイエット法が絶滅しないのもむべなるかな。

「というか、そっちの方がダメージでかいとか、どんだけやわい精神なんだか」

「がさつなマスターには理解できないでしょうがー、女性にとって体型の問題は至上命題なんですよー？」

体型を構築自在《アセンブリ》なポンコツロボットのセリフに、俺は「へっ」と鼻で笑った。

「そんなに気になるならさっさと整形でも何でもすればいいだろうが」

「そういうのはプライドが邪魔をするんですってー」

「なら胸を大きく見せるブラやら小さく見せるブラはプライドに抵触しないのか？　随分ご都合主義なプライドだな。だいたい偽ってどうするよ？　ベッドに入ったら男はがっかりだぞ？　見たままで勝負しろよ、見たままでよぉ」

「無茶言わないで下さいー。マスターみたいに凶悪な面相を晒《さら》しても恥ずかしくない人ばかりじゃないんですからぁあああああああっ！」

重力と空気抵抗から自由になったポンコツは三次元パチンコめいて飛び跳ね回る。目を回して跳ね返ってきたシャーリーをがしりと受け止め、俺はソフィーへ振り返った。

「ほんじゃ、いつものをよろしく頼むぜ、リーダー」

『は、はいっ』

自分の腹を睨《にら》んでいたソフィーが姿勢を正した。フレーナも、サーヴァントロイドたちも、顔を彼女へと向ける。

『――勝ちましょう』

『応っ』

皆が声を合わせたところで、フィールドへの隔壁が開き始めた。

『エンジェル・フェイス』は一斉に戦場を睨んで飛び込んでいった。

2

《オービット・ゲーム》は〝いかに宇宙空間に適応できるか〟を競い合う戦いだ。だから戦闘環境を直前まで伏せておく『フィールド・シャッフル』は公式試合でも王道的なものだ。

今回のフィールド――『エンジェル・フェイス』と『ブルームーン』の戦場は、細かな氷が霧のように漂う『低可視フィールド』だった。

半径約一五〇メートルのフィールドは、数メートルはともかく、一〇メートル先は完全に白い濃霧となって視界を奪っていた。

『これは……有利なのですよね？』

「どうだかな」

壁面に磁石靴《マグネットブーツ》で貼り付いてフィールドを見上げるソフィーの短距離通信に、俺はヘルメットをこつこつ叩《たた》きながら思案した。

「――あちらさんの戦い方にはミスマッチだが、圧倒的に有利とは言えないんじゃないか？」

『さぁて、両チームのプレイヤーがフィールドに揃ったようだね』

公開通信で凛《りん》とした声が流れ出した。アルテミシア宇宙学園の生徒会長、マリー・ハイアットの玉音である。

『今回は教育実習生として我が校にやって来た『瞬星』こと霧島アオの顧問チームを決めるための戦いだ。ボクとしても、ミズ霧島には多くのチームの指導をしてもらって地力の底上げをして欲しかったが、この試合の結果如何《いかん》で彼女の教育体制も決まることになる。ちなみに今回の試合は、「エンジェル・フェイス」のフラッグ・プレイヤーはソフィーリア・マッカラン、「ブルームーン」のフラッグ・プレイヤーはリズ・ポーターだ。両チームは互いに攻略目標の制御円盤を砕くことを目指してもらう。それでは、両チームとも用意はいいね？　5――』

カウントが始まる。

俺たちは足に力を込めて身構えた。

『――3、2、1――開始《テイクオフ》ッ！』

フィールドの外壁から飛び上がる。ゲームが始まった。

壁を蹴《け》ったまま漂い出す『エンジェル・フェイス』のプレイヤーとそのサーヴァントロイドだが、俺は周囲を見回して舌打ちした。

「くそ……思った以上に方向が曖昧《あいまい》だな……」

地上の霧でさえ、視界を奪い方向を奪って感覚を狂わされる。

それが上も下もない無重力空間ではどうなるか？

空間識の貧弱なレベルEの俺は、さっそく気分が悪くなってきた。

「予想以上にやりにくいな、これは……」

『大丈夫ですか、ソラさん？』

金色の燐光《りんこう》――ニーベルング反応光を発するソフィーが、俺の肩に手を置き接触回線で問い掛ける。さすがにレベルA《発現者《ノーブル》》だけあって、この低可視フィールドでも自然体だ。スムーズに自分の念動《サイキネ》で移動すること自体、高度な空間の認識感覚がなければ出来ないことだ。

「ああ……まぁなんとかな」

俺はヘルメットのバイザーをこつこつ叩いて頷《うなず》いた。

バイザーには、単純な球形に自分の位置と主観的な上下を示す映像が片隅に表示されている。今回、俺はこの映像を頼りに空間識を保たないとならない。この映像を主観として保持しておかないと、すぐに無重力酔いしかねなかった。

「ま、こんなのは真夜中に海に蹴り入れられるのと対して変わらないしな。沈まないだけマシだ」

『……ソラさん、本当にどんな訓練をしてきたんですか？』

呆れ声のソフィーに返事しようとした矢先、頭に違和感を覚えるとともに『キーン』と耳鳴りがした。

『来たぞ、ソラ！』

ソフィーとは反対側の肩に触れ、フレーナが呼び掛ける。

『向こうの〝念探針《サイ・ソナー》〟だ！』

「さっそくだな。なら、こっちも頼む」

『応っ！』

威勢のよい返事とともに、フレーナの身体《からだ》から淡くニーベルング反応光が発せられる。そのすぐ横に浮かぶフェンリルからも、主の遺能《いのう》を共鳴増幅させるノーブル・コアに反応した燐光が漏れ出した。

『――フェンリル！』

『あいよ！』

フェンリルが顎《あご》を開き、声なき遠吠《とおぼ》えを放った。

またも、飛ばされた思念波を受信した俺の脳が耳鳴りの幻聴を生み出した。

『……向かってきてるのは三人だ。もう二人は離れたところ――右下一時方向で待機してる。その一方がリズ・ポーターだな』

フレーナが手早く報告する。

単純な思念波を飛ばして敵や仲間の位置を特定する〝念探針〟は、《オービット・ゲーム》における念話《テレパス》使いの基本的な探査法だ。

ちなみに、受信がからきしというフレーナも〝念探針〟は普通に扱える。本人によれば、〝念探針〟は相手の『意識の抵抗』によって跳ね返った自分の思念波を捉《とら》える、現実のソナーやレーダーと同じ理屈なのだそうな。他人の思念はともかく、自分の思念を受信できないわけはない――らしい。

俺には理屈も感覚もさっぱりだが、使えるなら使えるという事実さえあればいい。

『向かってくる三人は、二人が若干先行してる。少し遅れてるのが〝念話使い〟かもな。今の距離なら、あと五秒で会敵する』

「了解だ。なら、次はソフィー頼む。範囲はそう――半径一〇メートルもあれば十分だろ」

『はい！　マーリン、行くわよ！』

『はい、わたくしの愛しいお嬢さま《マイ・ディア・レディ》！』

ソフィーの肩に留まるマーリンが羽根を広げる。それとともに、ニーベルング反応光が舞い散る羽毛のごとく周囲に散り、その光量を加速度的に強めてゆく。

「ソフィー、無理はするなよ？」

『大丈夫です！　このくらい、なら！』

強気な笑みとともに、ソフィーが発するニーベルング反応光が渦を巻いた。強力な念動力場は徐々にその力を弱めながら——しかし広範囲に広がってゆく。

視界を白く染めていた極微氷の霧が、ソフィーの力場に吹き散らされて掃き清められる。

霧に紛れて接近中だった『ブルームーン』のプレイヤーが、その姿をハッキリと俺たちに晒した。先行する二人は共に鳥類型のサーヴァントロイドを追随させている。フレーナの分析通り、念動使いのようだ。

「行くぞ、フレーナ！」

『言われなくても！』

『飛ばします！』

ソフィーの力場がマスドライバーとなって俺とフレーナを撃ち出す。

俺は右、フレーナは左の敵プレイヤーへ向かう。

敵前衛は突如クリアになった視界と、急加速で迫る俺に目を見張っていた。が、そこは歴戦のプレイヤーだけあり、すぐに金色の燐光を纏《まと》う力場で体勢を整えた。

「反応いいな！」

俺は口《つ》の端を吊り上げて手元のグローブの感圧スイッチを操作し、腰の推進器を吹かしてさらに加速した。

敵念動使いはまっすぐ向かってくる俺へ自分の念動力場の塊を叩きつけようとする。

「視《み》える、ぜ！」

が、俺は当然のように躱《かわ》した。視覚イメージで力場を操る念動使いは、視線移動で攻撃軌道を読みやすい。

俺は推進器と四肢による姿勢制御《AMBAC》で敵の頭上から落ちるようにして接近する。

敵は正面を俺に向け、全身に力場の層を纏う。防御の体勢だ。

「思い切りがいいな！」

大振りの右の一撃とともにショートストロークの左拳《こぶし》を死角から打ち込む。空手でいう『夫婦手《めおとで》』だ。

相手は両拳を食らって背後へ吹き飛ぶが、俺は拳に残った硬い感触に小さく舌打ちした。

「……視線誘導されても力場の鎧《よろい》をすこしも揺るがせない……練度が高いな」

案の定、敵は自分の力場ですぐに慣性を殺して停止した。もとより無重力状態での打撃だ。おまけに念動力場の鎧を纏っていたら、ダメージなんぞ無きに等しい。

「やるねぇ」

「笑ってる場合ですかー？」

肩に摑《つか》まるポンコツが脳天気な声を出す。

「遮蔽物《しゃへい》も浮遊物もないんじゃ、マスターが不利ですよー？」

「いいさ。今回は俺が『時間稼ぎ』なんだからな」

敵念動使いが俺に逆襲しようと向かおうとし、ぎくりと身震いして俺から視線を外した。

「よそ見は禁止だ！」

俺が接近すると、相手は慌てて力場を放つ。それをひらひらと挑発するように躱し、俺はニヤリと笑う。

「ほれほれ、お前の相手はこっちだ」

幾本もの力場の腕を形成して向かってくる念動使いを見据えつつ、視界の端にフレーナの活躍を確認する。

フレーナは手に大剣を——大剣と錯視するほどに高められた敵意の塊を生み出す〝精神砕き《サイコ・ブレイカー》〟を握り締めて念動使いへ向かう。

敵念動使いの繰り出す力場を、フレーナは横から、紐で引っ張られたような、脈絡ない動きで躱して接近してゆく。およそ加速工程ゼロの急激な機動で念動使いに接近したフレーナが〝精神砕き〟の大剣を振り下ろす。

力場では防げない一撃に硬直する念動使いだが、その眼前でフレーナの大剣の像がぼやける。おそらく、すこし離れた位置の敵念話使いの妨害だ。〝精神防壁〟の類《たぐい》だろう。

心を折られることから逃れた念動使いが反撃する。

だがやはり、フレーナは予備動作ゼロの動きで回避し、今度は念話使いへと向かう。

念動使いが自分のハヤブサ型らしきサーヴァントロイドに力場を纏わせて撃ち出すが、その〝念動ミサイル〟というべき一撃は同じように——しかしケタ違いの濃密な力場を纏ったマーリンが迎撃して弾《はじ》き返す。

（上手《うま》くいってるな）

向かってくる念動力場をいなしながら、俺は内心ほくそ笑んだ。

フレーナの急激な動きは何の事はない。あれはソフィーの力場で加速しているのだ。よく見れば、ソフィーとフレーナは細く伸びた力場の〝綱〟で繋《つな》がっている。

ソフィーは希少なレベルA《発現者》だ。ソフィーの潤沢な念動力場のリソースに、フレーナの機動を委《ゆだ》ねている。

動きの指示は、念話の出力に関しては文句なしのフレーナだ。多少の妨害をものともせず、ソフィーに即座に伝えることが出来る。

本来ならゲームコントロール役の念話使いを、一〇〇パーセント攻撃《オフェンス》に使う、「名付けて『生きてるファンネル作戦』！」

まぁ、フレーナ本人にしてみれば、自分の指示通りに移動するとはいえ、予備動作ゼロで急加速急停止を繰り返すジェットコースターに延々と乗せられてるみたいなもんだが――そこはこの一週間でみっちり訓練したから大丈夫だ。

『くっそぉおおお！　ソラのバカヤロォオオオオオオ！　胃液が逆流するわコラァァァアアアアアッッ！』

念動使いを牽制《けんせい》する〝念咆哮《サイ・ロアー》〟に乗ってフレーナの叫びが届くが、気のせいだろう。

俺はヘルメットの中で口の端を持ち上げた。

俺が相手をする念動使いは、味方の苦戦を見て助太刀しようと俺に背を向けた。『出来損ない《レベル・エラー》』程度は後回しでいい、とか思ったのかもしれない。

「いいのか、それで?」

敵の無防備な背中に真《ま》っ直《す》ぐ突っ込む。

念動使いは蠅《はえ》でも払うように俺へ力場の〝腕〟を振るってくる。

今度は避けずに、受け止める。

身体が急激に後ろへ飛ぶ。

それと同時に、敵の念動使いの顔が驚愕《きょうがく》に歪《ゆが》むのがバイザー越しに確認できた。

推進器を逆噴射し、力場が接触すると同時に敵の攻撃と相対速度を合わせた。あっちは予想した手応《てごた》えがなくて『暖簾《のれん》に腕押し』——ただしそれが体感でなくイメージで生じた為《ため》、精神的な驚きはより大きい。

敵の纏う念動力場がイメージの揺らぎに合わせて薄くなる。

すかさず反転攻撃を掛ける。

慌ただしく振るわれる〝腕〟を躱し、敵の胸元の制御円盤《メダリオン》に触れ——瞬間的に強めた推進ベクトルと溜《た》めと捻《ひね》りを同調。ゼロ距離打撃で、俺と相手が互いに大きく吹っ飛ぶ。

「人呼んで〝無重力寸勁〟——誰《だれ》も呼んじゃいないがな」

中国武術でお馴染《なじ》みの接触打撃を無重力空間用にアレンジした技だ。足で踏み締める代わりに推進器を使うわけだが、ただの寸勁なんぞよりよほど精密な体内ベクトルの制御が必要なデリケートすぎる技だ。

「――やっぱり、砕くには至らなかったか」

ふっとんだ敵念動使《サイキネ》いは再び力場を纏って体勢を整えた。まだ制御円盤は健在だ。

そもそも本物の〝無重力寸勁〟は、敵が吹っ飛ぶだけで自分は打撃地点からほとんど動かない。瞬間的に生じた衝撃のすべてを相手に浸透させるからだ。

俺も吹っ飛んだのは、まだまだ衝撃の浸透が甘い証拠だ。俺にこの技を叩《たた》き込んだ脳筋馬鹿《ばか》は、一ミリも打撃地点から動かなかった。

「つか、こんな勢いだけで考えた三流ＳＦみたいな技、実行できるのはあの脳筋馬鹿くらいなもんだろが」

「マスター、万が一『老師』に今の言葉聞かれたら奥義を撃ち込まれちゃいますよー？」

「いないからいいんだよ。だいたいなんだよあの奥義名。〝超時空正拳《せいけん》突き〟とか、頭に何が詰まってんだよ、あの馬鹿。ホント、性悪女の知り合いは碌《ろく》な奴《やつ》がいねぇ……」

ブラックホールの如《ごと》き黒歴史を思い出して顔を顰《しか》めていると、敵の念動使いが急速に離れはじめた。

確認すれば、フレーナとソフィーが相手をしていた念動使いと念話使いも撤退してゆく。

『ブルームーン』の前衛三人は、ソフィーの作り上げたクリアな間合いの外、白い霧の領域へと姿を消していった。

『ソラさん、これは……』

フレーナと一緒に近付いて来たソフィーが肩に手をおいて語りかけてくる。

ソフィーの言いたい事を察し、俺は「ああ」と頷《うなず》き返した。

「様子見は終わり、だろうな。いよいよあっちの本気が来る……！」

球形に吹き払われ漂う霧の壁に、次々と『穴』が空いて行く。

ソフィーがしたように、最小限の力場で霧を退けた〝道〟――〝導管〟だ。

「来るぞ！　動け！」

叫ぶと同時に散らばると、霧に空いた穴から白い閃光《せんこう》が迸《ほとばし》った。

※　※　※

『――初撃は避けられた。勘のいい奴らね』

「………問題ないわ」

右手を差し出したままの体勢で、リズ・ポーターはチームメイトの念話《テレパス》使いに返事した。

「低可視フィールドは確かにこちらに不利だけど……〝導管〟が見えてるからと言って

──」

リズは遺能《いのう》を発動した。背中にしがみついて肩から顔を出す蜥蜴《とかげ》型サーヴァントロイドのファブニルも、共鳴して金色のニーベルング反応光を放ち始める。

「──光の速度の攻撃をいつまでも避けられるわけがない」

リズの身体《からだ》から発するニーベルング反応光は、一際強く発せられると同時にその光量を下げ、それに反比例して別の光が弾け始める。

周囲の霧が空気の代わりとなり、リズの身体を蔦《つた》のように這《は》う無数の光の線が絶縁破壊する「バチバチ」という音を響かせた。

そう。リズ・ポーターの発する遺能は〝念　雷《エレクトロキネシス》〟──電子運動を操る能力だった。

〝念雷〟は比較的発現がレアな遺能である。さらに攻撃に耐えうるエネルギーを発生させられるレベルとなれば、軌道世界でも百人程度だろう。

〝跳躍《ジョウント》〟を自在に操る『瞬　星《トウインクル・スター》のアオ』ほどではないが、それでもリズは十分に希少な《発現者《ノーブル》》として知られていた。

なおかつ、自らの遺能を遺憾なく発揮する作戦を考え出した事でも知られている。

「──充填《じゅうてん》完了だ、リズ」

相棒の言葉に頷き、リズは直ぐ側《そば》の念動使いに指示を出した。

「前衛に報告。〝導管〟は七番を使用する」

『前衛に念話報告――微修正完了』

「行け――『アルテミスの箭《や》』!」

高められた電気エネルギーが、前衛の念動使いたちが作った〝導管〟に沿って高速で駆けてゆく。

『前衛から報告――フレーナ・アードヴェックに掠《かす》めたわ。けど、まだ動いてるみたい』

「念入りに装備機器の絶縁対策を行ったんでしょうね。本来なら掠めただけでも推進器はダメになるけど……はたして直撃したらどうなるかしら?」

リズは幼く可愛《かわい》らしい顔に薄ら笑いを浮かべた。

傍に控える仲間が釣られて笑う。

『ふふ。やっぱり「アルテミスの箭」は〝念雷〟あってこそのフォーメーションね』

戦闘フォーメーション『アルテミスの箭』は、強力だが発動に若干の溜めが必要な《発現者》の為に考えだされ、昨年から多くの《オービット・ゲーム》のチームがこれを踏襲し始めていた。

つい一ヶ月前、『エンジェル・フェイス』に敗れた『アースクエイク』も、そんなチームの例だ。『アースクエイク』の場合、念動使いが形作る〝導管〟に注ぎ込まれたのは〝念熱《パイロキネシス》〟の遺能であったが。

だが、本来『アルテミスの箭』は『ブルームーン』の為の――リズ・ポーターという優れた念雷《エレキネ》使いの為のフォーメーションだ。

何故《なぜ》ならこのフォーメーションを編み出したのは他《ほか》でもないリズ本人なのだから。希少な〝念雷〟の遺能と、それを十全に活《い》かせるフォーメーションの立案。これがリズ・ポーターが弱冠十三歳にしてチームリーダーを務め、アルテミシア宇宙学園のエースと目される理由だった。

（……けど、これじゃ足りない……足りない、まだまだ足りない！）

狂おしい想《おも》いを抱きながら、リズは〝念雷〟を練る。

この程度では足りない。

自分は有用性を示さねばならない。

自分は優れていなければならない。

自分は選ばれた存在であると示さねばならない。

だから――

もっと力が必要だ。

もっと技能が必要だ。

もっと、もっともっと――

「……だから」

だから、霧島《キリシマ》アオを渡す訳にはいかない。強くなるチャンスを渡すわけにはいかない。

あんなお気楽な連中に。

あんな半端チームに。

あんな——あんな出来損ないに。

「……消えろ、半端チーム！」

忌まわしい影を振り払うように、リズは雷光を撃ち放った。

※　※　※

『掠めた！　また掠めてビリって来た！　ちくしょう、何であたしだけ！』

接触回線でフレーナがぼやく。

「うるせぇ！　集中できないだろが！」

フレーナに顔を向けて怒鳴る。といっても、回線自体は俺からソフィーを経由して伝わるので、別に顔を向けたからって声がデカくなるわけじゃないが、気分の問題だ。

俺たちはソフィーの念動によって高速で移動していた。

霧の領域に空いた無数の穴——敵の『アルテミスの箭』の〝導管〟から、ランダムに雷が飛び出して来る。

〝導管〟が霧の穴となって見えているのもあって、ソフィーが動き回っているから直撃こそないが、なんせあっちの攻撃は秒速二〇〇キロメートル――視覚不可能という意味では光速も同様なのだ。

現に、フレーナをすでに二度掠めている。

念入りに行った絶縁対策も、さすがに直撃したら推進器やら何やらが纏《まと》めておじゃんだ。そうなったら俺とフレーナは完全なお荷物になってしまう。

『まだか、ソラっ!?』

「そうすぐに出来るか！　時間稼ぎの牽制！」

『くっそ……フェンリル！』

フレーナは自分に引っかかるようにしがみつく相棒に声をかけると、ニーベルング反応光を強めて遺能を高めた。

――ォォォォオオオオオオオオオオオオオオオオオッ!!

強烈な思念とも言えぬ威嚇の意思が空間を音もなく震わせる。フレーナの出力を活かした〝念咆哮《サイ・ロアー》〟だ。

が、雷撃が止《や》んだのはほんのひと時。すぐに攻撃が再開され、復讐《ふくしゅう》とばかりにフレーナの尻《しり》を掠めて焼いた。

『バリっていったぁぁああっ！』

『フレーナ！』

『だ、大丈夫だけど……どうなってんだよソラっ！』

「そりゃ、向こうも前回の試合はちゃんと見てるだろうからな」

いくらフレーナの思念出力が強いといっても、事前に向こうの念話使いが防壁を張っておけば『ちょっと耳障り』程度に弱まってしまう。あくまで〝念咆哮〟は不意打ちと牽制《けんせい》が主。使うべきタイミングが違えば効果は期待できない。

「ま、成果はあった。いまのでだいたい分かった――ポンコツ！　データ取りは済ませたな？」

「モチのロンですー。番号振りも終わりましたー。いま皆さんに送りますー」

ポンコツの能天気な返事とともに、バイザーの表示に新しく番号が加わる。敵の〝導管〟に振った便宜上の番号だ。

「よし、なら本番だ。ソフィー！」

『ハイ！　この為に力を温存してたんです！　任せて下さい！』

言うや、ソフィーの念動力場が一度払った霧が、今度は渦を巻くようにして集まってくる。たちまちの内に、俺たちは周囲よりもさらに濃密な霧の玉に覆われた形となる。

「よし！　行け！　三番方向だ！」

『行きます！』

俺の指定した〝導管〟へ向けて加速するソフィー。視界はすでに真っ白なので、バイザーの表示とソフィーの空間認識が頼りだ。

バチリッ、と俺たちを包む霧の玉の表面で光が弾《はじ》ける。敵の〝念雷〟が着弾した光だ。ソフィーがありったけの力場を総動員して取り込んだ分厚い霧が雷撃を吸収する盾となっている。だが向こうはそんなことを気にせず次々と攻撃を続ける。

積乱雲に突っ込んだ飛行機さながらの光景が目の前で繰り広げられる。

『だ、大丈夫なのか、これ?』

フレーナが問うが、もちろん大丈夫じゃない。

ソフィーの霧の盾そのものがどんどん帯電していけば、その内これまで吸収した分まで纏めて俺たちに襲いかかってくる。この霧の盾は両刃の剣だ。ソフィーという極めて強い念動使い《サイキネ》だからこそ、ここまで耐えられる量の霧を取り込めたんだ。

だからこの作戦は、何よりもスピードが重視される。

『本当にこっちの方向なんですか!?』

「ダメならダメで仕切り直しだ！　フレーナ、〝念探針《サイ・ソナー》〟！」

『人使い荒ぇ！』

ボヤきながら〝念探針〟を行うフレーナ。程なくして、その顔に驚きが浮かぶ。

『ドンピシャだ！　微修正、十一時上十四度！』

『了解です！』

ソフィーがその速度を上げる。やがて――

――バチィッ！

強烈な光が瞬いた。

俺の勘通りなら、今度は攻撃じゃない筈《はず》だ。

「ソフィー、解除だ！」

『はい！』

返事とともに、分厚く取り込んだ霧を解き放ち、さらに周囲の霧も押しのけてクリアな間合いを作り出した。

そのすぐ近くに、敵チームの念動使いが狂った体勢を整えようとしている姿があった。

「計算通り！」

ソフィーとフレーナが俺の足の裏を摑《つか》み、思い切り押しやる。

おそらくバイザーの表示機能が途絶えて慌てる敵に難なく近づくと、両足をガッチリと絡ませる。

「まず、ひとつ！」

打ち込んだ拳《こぶし》は敵の制御円盤《メダリオン》を捉《とら》え、慣性の逃げ場のない打撃力がそれを砕いた。バイザーの向こうで、驚愕《きょうがく》する敵が信じられないように俺を見やる。

「あばよ」

ゲームオーバーとなった敵を足場に蹴《け》りつけ、俺はソフィーたちの元へ戻っていった。

※　※　※

『な、なにが……』

「落ち着きなさい。大丈夫。まだ一人やられただけよ」

驚愕する味方を落ち着かせるべく静かな声を出すが、そんな自分をリズは褒めてやりたい気分だ。驚きはむしろ、自分の方が大きいのだから。

いまの一連の流れは、リズもなんとなく察していた。味方がやられたのは、ソフィーリア・マッカランのかき集めた霧に帯電したエネルギーが、その力場の間合いに触れてしまった味方へ向けて解放された為だ。

つまり、自分たちの攻撃がそのまま返って来たのだ。

『こんなことがあり得るの……？』

「――低可視フィールドという環境が災いしたわ」

『な、なるほど……』

――そんなわけない。

リズは内心ほぞを噛《か》む。

確かに、今の逆襲は低可視フィールドの特性でやられた。

だが、そもそも何故《なぜ》プレイヤーの位置を特定した？　低可視フィールドに加えてあんな霧の盾を纏っていたら、視界は完全にゼロの筈だ。

〝念探針〟によるものではない。使われれば、即座に場所を移動している。

勘でなければ――見切ったのだ。〝導管〟の配置から、念動使いの場所を割り出した。

そうとしか考えられない。

そんなことがありえるのか？

これまでにも『アルテミスの箭《や》』が通用しなかった相手はいた。だが、最適な〝導管〟の配置をするための念動使いの位置取りを、こんな短時間で、それも計算と洞察で割り出されたことなど一度もなかった。

「……急いで位置を変えるように言って」

『わ、分かった……！　待って、動き出したわ！　三人がまったく別方向に！』

「別行動？」

分かりやすい攪乱《かくらん》戦術だ。分かりやすいが、念動使いが一人減って形成できる〝導管〟の数が減ったのを見逃さない、嫌らしいほど絶妙なタイミングである。

（――どうする？）

本来なら迷う必要などない。フラッグ・プレイヤーであるソフィーリアを狙《ねら》えば良いだけのことだ。

　だが、いまの攻撃は——

（——いえ、ここで迷ったら敵の思う壺《つぼ》です）

「ソフィーリア・マッカランに狙いを定めて〝導管〟を作り直すように——〝網〟を張ります」

『りょ、了解！』

　後衛と前衛の念話使い《テレパス》が連絡を取り、そして〝導管〟の配置が変わってゆく。

「ファブニル……全力でいくわ」

「了解した。が、無理はするなよ？」

「心配性ね」

　相棒に笑い返し、リズは〝念雷《エレクトロキネシス》〟を練る。ただし、今回はすぐに送り込まない。

　練った電気エネルギーを絞り、自分を中心として張られた〝導管〟に並列して巡らせてゆく。低可視フィールドをもし赤外線や高感度ソナーで俯瞰《ふかん》出来たなら、〝導管〟がリズを中心に蜘蛛《くも》の巣のように広がっているのを確認できたろう。もっともリズの〝念雷〟による電磁波の余波で、実際に赤外線やソナーを使ったとしても大いに狂わされることだろうが。

「……」

リズは張り巡らされた蜘蛛の巣――〝網〟に意識を集中する。やがて、〝網〟の一部に僅《わず》かな電位差を瞬時に感じ取り――

「そこか！」

その電位差の僅かな変化を先駆放電《ステップトリーダー》として、練りに練った大電力を流し込む。秒速二〇〇キロメートルで到達した雷撃が、確かな抵抗を伝えてきた。

「また霧の盾で防御しているようね……けど、もう逃さない」

張り直された〝導管〟が、〝網〟に掛かった獲物を囲むようにさらに移動してゆく。そしてまた〝網〟に引っ掛かった目標に電撃を送り込んだ。

〝雷網〟。雷の蜘蛛の巣に引っ掛かった獲物をすみやかに葬るための『アルテミスの箭』の第二段階だ。

獲物――ソフィーリア・マッカランは防御に専念するためか、動きを止めた。〝雷網〟に気付いて動き回るリスクを恐れたのかもしれないが、どれだけ分厚く霧をかき集めても無駄なことだ。

「これで――！　下がって！」

『え？』

言葉の意味が分からぬままぽかんとし――それが後衛の念話使いの最期となった。

霧の向こうから突然姿を現した人影にがしりと組み付かれ、瞬く間に制御円盤を割られてゲームオーバーとなる。

　ぷかぷか浮かぶ無力化された念話使いを離し、襲撃者がこちらを向く。

『予想通りに〝雷網〟を張ったな。おかげで位置が分かった』

　レベルEが、言った。

※　※　※

　蜥蜴《とかげ》型のサーヴァントロイドを背負ったお子様——リズ・ポーターは俺が姿を見せても
すぐに飛びかかろうとはせずに隙《すき》を窺《うかが》っていた。なかなか落ち着いた反応だ。

　肝の据わったお子様に笑い掛ける。

「どうした？　驚いてくれないと、お兄ちゃんガッカリだ」

『……まさか、フラッグ・プレイヤーを囮《おとり》にするとは』

　俺の短距離通信にあっちも応《こた》えた。

『私に接敵する前に、ソフィーリア・マッカランがやられるとは考えなかったの？』

「かもな」

　俺は肩を竦《すく》めた。

「確かにそうなったかもな。けど、お前が強敵なのは分かってたからな。これくらいの賭《か》けをしなきゃ、俺もここには来れなかったろ」

その点で言えば、この低可視フィールドの霧に救われた。事前の打ち合わせでは、上から四番目に好都合の環境だった。

にやりと笑う俺に、お子様は薄ら笑いを浮かべた。

『なるほど。けれどこうして私の前に立ったから……それでどうだというの!?』

叫ぶや、お子様の身体《からだ》に増設された推進器がまばゆい光を放った。

手元の感圧リモコンを操作したようにも見えない突然の加速に、俺はかろうじて制御円盤をガードした。

バチリと腕に衝撃が走ってにわかに吹き飛ばされる。

『たとえ接近戦でも、引けは取らない!』

霧に紛れる黒い影が、光を棚引かせて高速で移動する。

「……なるほど。念雷使いならではの豪勢な機動だな」

お子様のちみっちゃい身体には不似合いなゴツイ推進器——電気推進を、自前の遺能《いのう》で発生させた電力を直接送り込んで作動させているのか。

バッテリーやら何やらで制限のある俺とは、えらい違いの大盤振る舞いな動きだった。

光を棚引かせる小さな影が俺に襲い掛かる。まるで彗星《すいせい》だ。

高出力の推進器に物を言わせた機動に、俺は制御円盤を両腕で守って亀《かめ》の子みたいに身体を丸める。俺の装備品が、推進器やらヘルメットやらの機能やらがどんどんと機能不全に陥ってゆく。

「推進器とのラインが死にましたー！　感圧リモコンでの操作は不可能ですー！　おまけにジャイロセンサーがイカれて方向表示が変ですー！」

「後方で縮こまるだけのお子様かと思いきや――なかなかやるな」

予想外の手応《てごた》えに、俺は口の端を吊《つ》り上げた。

「嬉《うれ》しくなっちゃうぜ！」

頭上から襲いかかってきたリズの細い腕を払う。間近に迫ったバイザー越しに、幼い顔が可愛《かわい》らしい驚きの表情を浮かべる。

「なかなかやるが、まだまだだ！」

『くっ！』

すぐさま滑るように横へと移動するリズだが、予《あらかじ》め置いといた俺の足に引っ掛かった。

無重力故にその場でくるくると回り出す。

『なっ、あ――』

「どうした？　もう終わりか？」

『なっ、めるな！　『出来損ない《レベル・エラー》』!!』

全身の推進器を吹かし、さらなるスピードで駆け回りはじめる。棚引く光は、まるでそのまま爆発せんが如《ごと》き火の玉となっていた。

『十数億人に一人の出来損ない……そんなヤツに負けるわけにはいかない！』

俺の周りを飛び回りながら、リズが短距離通信であちらこちらから喋《しゃべ》りかける。

『私は証明するんだ！　私は優れてる！　選ばれた存在なんだ！　私は選ばれた存在でなきゃならないんだ！』

幼い甲高い声が電波に乗って響き渡る。

俺は口元を思い切り吊り上げた。

この負けん気は好ましい。俺はこういう、負けん気溢《あふ》れるお子様は大好きだ。

「けど、な――」

すでに動けない俺に向かって、霧を引き裂き突っ込んでくるリズ・ポーター。

『いなくなれ、『出来損ない《レベルE》』ぃぃぃぃぃいいいいいいいいいっ！』

両腕にバチバチと稲妻を纏《まと》い、流れ星となって突っ込んでくる小柄な身体。

俺は肩のポンコツを摑《つか》んで「ひゃぁあああっ？」と上へ放った。

僅かな反動で沈み込んだ俺の紙一重の頭上を、稲妻を纏った両腕が通り過ぎる。

「――好ましいから、容赦しねぇ！」

高速で突っ込んできた小柄な身体の胸元に、カウンターの掌打を加える。

衝撃。

強烈な反作用で俺はくるくると吹き飛ばされた。

回転する視界の中で、同じように慣性に振り回されるばかりのリズ・ポーターの姿を――泣きそうに歪《ゆが》んだ表情を確認する。

「楽しかったぜ、お嬢ちゃん。また遊ぼうや」

気分よく俺は言ったが、短距離通信の機能もあやしくなったので果たして届いたかどうか。

『試合終了！　「エンジェル・フェイス」の勝利――――ッ!!』

第三章

不協和音

CHAPTER 3

ORBITGAME
VOLUME TWO

1

リズ・ポーター率いる『ブルームーン』との試合から早三日。

本人の希望通り、晴れて『エンジェル・フェイス』の顧問コーチとなった霧島《キリシマ》アオによる指導が始まった——のだが。

『なんでその初日を、あなたと一対一《マンツーマン》でやらなければならないのです？』

「そりゃこっちのセリフだ」

アオの冷ややかな声に、フレーナは不機嫌な声で応えた。

広い無重力フィールドでＧＰＵスーツを身に着けてふよふよと浮かぶのは、フレーナとアオ、その相棒の二人と二体のみだった。

フレーナは苛立《いらだ》ちやら何やらを隠しもしない瞳《ひとみ》でじとりと睨《にら》む。だがそんな彼女の視線など知らぬげに、アオは憂い顔でふぅと溜息《ためいき》を吐いた。

『どうせ一対一の指導ならソラが良かったのに、よりによって吠《ほ》えるしか能のない雌犬とだなんて』

「聞こえてるぞ、猫っかぶり」

『ええ、聞かせてるんです』

「なろっ！」

傍若無人ぶりに殴りかかるが、アオの姿が幻のように吹き消える。フレーナが振り払ったのは、ニーベルング反応光の残滓《ざんし》のみだった。

『顧問に殴りかかるなんて、感心しませんね』

電波は真後ろから届いていた。

忌々《いまいま》しく振り向くと、アオは一瞬でフレーナの背後に移動していた。

「……〝跳躍《ジョウント》〟か」

空間構造に干渉して瞬間移動する超絶的な遺能。

だがいま瞠目《どうもく》すべきは、一瞬で遺能を発動したその速度だ。さすがは『瞬星《トゥインクル・スター》』と謳《うた》われるだけあったが……フレーナにしてみればただただ忌々しいだけだ。

『あまりやんちゃしないで下さい。いくらソラのチームメイトでも、躾《しつけ》をしなければならなくなりますからね』

「む、むかつく……」

なんとかこの女を悔しがらせる方法はないものか。

ギリギリと歯軋《はぎし》りするフレーナに、ふっと天啓が舞い降りた。

「――まったく、ソラもひどいよな。こんなオンナの相手をあたしに押し付けるなんて」

『…………』

わざとらしいぼやきにピクリと反応するアオを見て、フレーナはアオに見えていない方の口の端をニヤリと吊り上げた。

「ああ、それともあいつ、ソフィーの看病なんて言ってたけど、あれって逃げるための口実だったのかなぁ？」

『っ……』

「そうだよなぁ。こんな猫っかぶりの高慢ちきな女、あたしがソラだったら相手をするのも億劫《おっくう》だもんなぁ」

『そっ……そんなことないもん！』

冷ややかな態度も何処《どこ》へやら。アオは口調をガラリと変えて言い募った。

『ソラはそんな人じゃないもん！　ソラは私を追って軌道世界まで来たんだもん！　ソラはいつだって私の事を想《おも》ってくれてるもん！』

「どうかなぁ？　そんなこと言って、今頃《いまごろ》ソフィーといい雰囲気なんじゃね？　昔のオンナなんて忘れて、さ」

『そ、そんな……そんなことは……』

「だいたいお前、ソラ好みじゃないと思うけどぉ？　幼馴《おさなな》染《じ》みだから話を合わせてるだけだろ？」

『ち、ちがう！　ちがうもん！』

「そうか？　けどソラはソフィーの胸に夢中だからなぁ」

『なっ……う、うそを言うな！　ソラはそんな……』

「いやいやいや。『素晴らしい感触』とか『相性が良い』とか言ってたし」

『ッ……！』

「もしかしたら今頃、薄暗い寝室で――」

『イヤァァァァァアアアァァァァァァアアアァァァァァァアアァァアアアァァァァァァァァアアアアアァァァァァアアアァァァァァァァアアアアアアアアアアアアアアアアアアアアアアアアアア――――ッッッ！！』

聞きたくないと大声を出す子供そのものの仕草で耳を押さえるアオ。

が。

ヘルメットを被《かぶ》っている以上、そんな事をしても無駄なワケで。

「いやいや。今頃ソフィーのおっぱいを揉《も》みしだいたり」

『ヒィィィィイイイイイイイイィィィィイイイイイイイ――ッ！』

「熱っぽい視線を互いに交わし合って」

『ギャオオオオオオオォォォオオオオオオオオオオオオオオオオオォォォォォオオオオオオォォォォォ――ッ！』

「目を閉じた二人の唇が近付いて、やがてひとつに」

『ヤメェェエエエエテェェェエエエェェェエエエエエエエエエエエェェェェェエエエエエエエエエエエエエエエエエェェェェエエエエエエエエエエエエエ――ッ！』

ぶんぶんと首を振るアオ。ようやくヘルメットの通信スイッチを切ることに思い至ったようであったが――それで終わりではない。

声が無理ならと、フレーナはアオに〝念話《テレパス》〟を叩《たた》きつける。ネットに落ちていたロマンス小説を引用したり、脳内合成した過激なイメージ映像を送ったりと、念入りにアオの精神に塩を塗りまくる。

「二人の男と女は、二匹の雄と雌に戻って、ひたすら本能のままに互いを求め――」

『ビェェェエエエエエエエエエエエエエエェェェェエエエェェエエ

エエエエエエ――――ンンンンンッッッ!!』

すっかり夢中になったフレーナのサディスティックな笑みが深まるにつれ、アオの表情は『ムンクの叫び』を彷彿《ほうふつ》とさせるほどに崩れてゆく。

そんな二人の様子を、それぞれのサーヴァントロイドは割り込むことも出来ずに見守っていた。

「……なぁ、大将。助けに行かなくてイイのかい?」

『――不要』

狼《おおかみ》犬型のフェンリルが問い掛けると、大鴉型のヤタは淡々と答えた。

「けどよ。大将のご主人、そろそろ声から正気が無くなりはじめてんぞ?」

『――アオ、変化』

「んあ? ここに来てから変わったって?」

『――肯定。変化良好。以前、常時不機嫌。常時焦燥。――現在、気力充溢《じゅういつ》。表情充実』

「活《い》き活きしてるからほっとけって? まぁ、大将がそう言うんならイイけどさ」

器用に肩を竦《すく》め、フェンリルは視線を戻した。

フレーナとアオのじゃれ合いは、まだまだ終わりそうにない。

「……そうは言ってもどっかで止めに入らないとなぁ。やれやれ……ほんとにソラは今ごろ何やってるんだか……」

※　※　※

「……あ……ぁう、ん……んんっ、ん………」

薄暗い寝室にソフィーの熱っぽい呻きが漂った。

「おいおい？　何だよその声は？」

「だ、だってソラさん……ぅんっ……も、もっと優し……ぅあん……」

「無理言うなよ？　この体勢でやってくれってお願いしたのはソフィーだろ？」

悪戯《いたずら》心が刺激された俺は、ソフィーの背中越しに首を伸ばし耳に息を吹きかけるように語り掛けた。吹き掛けた息で白金色の髪が揺れ、腕の中で白い肌が艶《なま》めかしく波打つ。

「んっ……そ、ソラさん、悪戯はやめて……ひっ、あ……！」

「わかったわかった。それならちゃんとこっちに集中しないとな」

後ろから抱きすくめるように回していた腕の動きを再開させる。

俺の手が肌の上を滑る度、ソフィーは火照った吐息を漏らし、くすぐったそうに剝《む》き出《だ》しの上半身をくねらせた。背中を向けているおかげで確認できないが、きっと彼女の顔は羞恥《しゅうち》その他《ほか》で真っ赤っ赤になっていることだろう。

やれやれ。自分から誘っておいて覚悟の足りないやつだ。

腹回りに置いていた手を上へ持って行く。するすると滑っていた手の動きが、重量感のある出っ張りに阻まれる。

ソフィーの肩がびくりと震えた。

俺は構わずに手を上げてゆく。むっちりとした胸肉が柔らかく歪《ゆが》むのがハッキリとわかった。直に見ることが出来ないのが残念だが、タオル越しでも十分に楽しむことが出来た。いや、むしろ直でない分、想像の余地があってなかなか楽しい。

やがて俺の手が山頂に差し掛かる。柔らかな感触の中に突然現れた硬い蕾《つぼみ》のような感触を撫《な》で上げた瞬間、ソフィーが一際大きく身体《からだ》を震わせた。

「あ、あぁぁ――っ、うぁ……た、タオルがざらっと擦《こす》って……ぁあっ、もうやめてくだっ、さっ、イイっ!?」

「ダメダメ。ちゃんとしっかり汗を拭《ふ》き取らないとな？」

「そ……そんにゃあ……」

俺は気を良くして、蒸しタオルを持つ手でさらにソフィーの胸を弄《いじ》った。

一時はくたっと体重を預けてきたソフィーだが、俺が手を動かす度にびくんびくんと可愛《かわい》らしく暴れまわる。

ますます楽しくなって、俺は念入りにソフィーの胸を揉みしだく――もとい、ソフィーの汗を拭く作業を続けた。

やがて、背中から始まって肩、腕、腋《わき》の下《した》、脇腹《わきばら》、そして胸と続いた作業を終えると、ソフィーはばたりとベッドにうつ伏せに倒れこんだ。枕《まくら》に半分埋もれた彼女の顔は、汗を拭いてやったというのに横髪が頰《ほお》に張り付き、瞳《ひとみ》は何故《なぜ》だか光を失っている。半開きになった唇からはフルマラソンの後みたいに荒い息が漏れ、さらに何やらぶつぶつと譫言《うわごと》も混じっていた。

「ぅ、うう……お、玩具《おもちゃ》にされたぁ……わたしの身体……ソラさんの玩具にされちゃったよぅ……」

「人聞きが悪いこと言うな」

洗面器でタオルを絞り、俺はにまにまと笑い返した。

「汗を拭いてほしいって言ったのはソフィーだろうが？」

先日の『ブルームーン』との試合の後、俺はソフィーに休養を申し付けた。

ソフィーはまれに見る強力な念動使い《サイキネ》である反面、その能力が身体に——正確には遺伝子代謝に負荷をかけている。

とはいえ、今回はさほどの影響もなく、ちょっとした消化不良程度だ。普通に過ごさせても良かったが、念には念を入れた。

タンパク質と脂質を控えめの食事を振る舞ってやったりといろいろフォローしていたのだが、今日汗を拭く為《ため》のお湯を用意したら、

「――どうせでしたら、ソラさんが拭いてくれませんか？」

と、悪戯っぽく言ってきた。

ふだんの仕返しついでに退屈を紛らわせようと思ったらしいが――何とも浅墓な考えだ。

俺がそれで慌てふためく様を期待していたのだろうが、生憎《あいにく》とこの手の悪戯には慣れきっている。女の裸でオドオドする初心な純粋さは小学生の時分に失われた。およそ童貞以外の純潔という純潔を真っ黒に汚し尽くされたこの俺が、いまさら小娘の裸を拭くくらいでオドオドするもんかい。

嬉々《きき》として頷《うなず》く俺に、ソフィーも今更後には引けず背中を差し出した。そしてそのまま、正面もしっかり拭き拭きしてやったというワケだ。

「さって。それじゃあ残った下半身もきれいきれいにしましょうねぇ」

絞った濡《ぬ》れタオルを構えつつ、ソフィーのパジャマのズボンに手をかける。

どんよりと目を曇らせていたソフィーだが、さすがにぷるんとした尻《しり》が半分も剝かれると身の危険を感じたらしい。甲高い悲鳴を上げて跳び上がった。

「ぎゃぁぁあああああああああっ！　やめて！　やめてくださいぃぃいいっ！　これ以上されたら死んじゃう！　恥ずかしさで死んじゃいますぅぅううっ！」

「おい、ソフィー」

「は、はい？」

「わきゃぁぁあああ――――っっっ!!」

ソフィーはシーツを引《ひ》っ摑《つか》んでベッドから転げ落ちると、部屋の隅まで逃げてシーツを頭から被ってガタガタ震え始めた。

「前が丸見えだ」

「……ひっ……ひぇぇぇえええん…………ひどい……あんまりです…………」

「何度も言うが、最初に仕掛けてきたのはそっちだ。俺をやりこめようなんて百年早い。一矢報いたいと思うなら、もっと思い切りを良くしないとな」

「お、思い切り……?」

「来いよ、ソフィー。羞恥心《しゅうちしん》を捨てて掛かって来い!」

「これ以上捨てたらただの色情狂ですよっ!?」

「心配するな。客観的に見てもすでにかなりの色情狂だ」

「うえぇぇぇえええ――――んっっ! ちがうもん! わたしは色情狂なんかじゃないもん! お淑やか系だもん!」

「そう思ってるのは本人だけだ」

「えっっぐ……ぐすっ……ソラさん、意地が悪いです……女の敵です……」

「そういうセリフは、一端の〝オンナ〟になってから言うんだな」

タオルを洗面器に放り込み、俺は「へっ」と鼻を鳴らした。

「まだ〝小娘〟を卒業できないんなら、毛の生えそろってない下半身は自分で拭いとけ」

「け、毛ぐらい生えてます！」

「そういうことにしといてやるよ。さっさと拭いて用意しろよ。リビングで待ってるからな」

ひらひらと手を振って寝室を出る。軽くため息を漏らすと、リビングのソファにうずくまっているマーリンへ顔を向けた。

「お前のご主人は、どうにも面倒臭いな」

「その面倒臭いソフィーリアお嬢さまに付き合って下さる貴方《あなた》さまも、なかなかのお人好《ひとよ》しだと思いますが」

「面倒臭いが、からかい甲斐《がい》があるからな」

澄まし顔で余裕を見せようとするソフィーが出鼻をくじかれて慌てふためく様はなんとも面白い。お陰で癖になりそうだ。

くつくつと笑う俺に、マーリンは身体ごと頭を下げた。

「……ありがとうございます」

「んあ？」

「消耗したお嬢さまが落ち込まないようにしてくれているのでしょう？」

「何のことやら？」

まったく。どうにもこの執事っぽいフクロウは、なんでもかんでも好意的に解釈する嫌いがある。

……あまり買《か》い被《かぶ》られても困るんだがな。

「なぁ――ソフィーのあれ、本当に何とかならなかったのか？」

俺はソフィーの寝室をちらりと振り返り、マーリンに疑問をぶつけた。

「見た感じ、ソフィーの遺能《いのう》が負担となって引き起こされる症状は、ビタミン代謝と補酵素の合成阻害だ。遺伝子治療で改善を望めたんじゃないか？」

「……それらを制御する有用部位には何の欠損もないのです。遺伝子の発現型を見ても、ソフィーリアお嬢さまはまったくの健康体です。遺伝子治療は、あくまで機能不全を起こす部位を正常な状態に修復するものでしょう？」

「なるほど……本当にＡＡ因子の活性が問題なんだな」

ぼりぼりと頭を掻《か》いて納得した。

《発現者《ノーブル》》は、ヒト遺伝子内に存在する『ＡＡ因子』の活性率が高まって遺能を発現した者たちだ。まだ完全には解明されていないが、遺伝子内に偏在するＡＡ因子はコンピュータの情報素子のような役割をしているとされている。《発現者》が一種の生体コンピュータと仮定すれば、情報素子が多ければ高性能である事は当然だ。ＡＡ因子の活性率は、この利用できる情報素子の量が多いということだ。

だが、性能が良いコンピュータほど『熱暴走』の危険が高くなる。

ソフィーの能力使用後の体調不良は、そんな『熱暴走』のようなものかも知れない。

「それに——軌道世界では遺伝子治療はあまり好まれませんから」

「……それ、聞いた時には大げさに膨らませてるだけと思ったんだがな」

「遺能は遺伝子に受け継がれる能力ですから、《発現者》は遺伝子に手を加えることを嫌うのです。高レベル《発現者》になるほどその傾向は強くなりますから、五大財閥の幹部に至っては言わずもがな、です」

「いつの時代だよ。反科学主義じゃあるまいし」

今どき、遺伝子治療なんてカプセル錠剤を飲んで終わりって手軽さだ。人工の大地に住んでおいて今さら、などと俺は思ってしまうが。

「地上生まれの方はなかなか実感できないでしょうな」

マーリンは嘴《くちばし》を人間臭く歪めて苦笑した。

「同じような理由で、人体改造も忌避されています。技術的には可能なのにサイボーグ技術が普及しないのも同様です」

「……西暦の古典作品とか見ると、宇宙に進出するのは遺伝子改良された人間と、最新技術で改造されたサイボーグ、なんだがな」

別に何が何でも遺伝子改良された人間や最新サイボーグがいた方がいいとは言わないが、それはそれで浪漫のない話だ。

世間話で暇を潰《つぶ》していると、寝室のドアが開いてソフィーが出てきた。制服ではなく、ちょいと洒落《しゃれ》た普段着姿だ。

「お待たせです」

「コーヒーを淹《い》れようかと思ったぜ。んじゃ、行くか」

マーリンを肩に留めたソフィーを引き連れて住まいを後にする。

放課後のアルテミシア宇宙学園には、思い思いの格好をした生徒たちが行き交っている。中には明らかに浮かれている奴《やつ》らもいる。ちょうど、俺の横を歩くソフィーみたいに。

「………」

お気に入りらしいワンピースの裾《すそ》を気にしながら、ちらちらと俺に視線を送るソフィー。お洒落をした女が期待するセリフが分からないわけじゃないが、ここで素直に褒めてやるほどお人好しじゃない。

「──そういえばソフィー」

「は、はい。何ですか、ソラさん?」

「枝毛があるぞ?」

ソフィーの白金色の髪を一摘《ひとつま》みする。慌てて髪の毛をチェックしだすソフィーだが、枝毛は見つけられなかったらしく訝《いぶか》しげに俺を見返した。

「……特に枝毛はないみたいですが？」

「そっか。俺の勘違いだったかな。——そういえば、ソフィー」

「は、はいっ。何ですか、ソラさん？」

「頬《ほお》にニキビが出来かけているぞ？」

慌てて手鏡を取り出して顔をチェックするソフィー。だがまっさら滑《なめ》らかな肌にニキビは確認できず、じとりと俺を見返した。

「……特にデキモノの兆候はなさそうですが？」

「そっか。また俺の勘違いだったかな。——そういえばソフィー」

「はい！　何でしょうか、ソラさん！」

口の端をぴくぴくさせて返事をするソフィーの服を、俺はしげしげと眺め回した。

いよいよ期待する言葉が出てくるのかと、ソフィーがにわかに瞳《ひとみ》を輝かせる。

「——ブラの紐《ひも》、ちら見えしてるぞ？」

「そんなワケありません！　今してるのは肩紐がないタイプです！」

ついにソフィーはぷりぷりと怒り出し、お気に入りのワンピースが乱れるのも構わず地団駄を踏んだ。

「そんなに動くとポロリしちゃうぜぃ」

「わざとですね？　わざとでしょう!?　本当にソラさん、性格悪いです！　最悪です！」

「悪い悪い。その服似合ってる。ものすごく似合ってる。とっても綺麗《きれい》だ。めちゃくちゃ可愛《かわい》い。だから落ち着けよ」

「そんな取って付けたみたいに褒めないでください！」

　ソフィーは目に涙を溜めて怒鳴り返した。

　俺は癇癪《かんしゃく》を起こした幼稚園児をあやすように宥《なだ》めすかす。

「どうどう、落ち着け。今は回復祝いに勝利祝いの買い物だろう？　こんな事をして無駄にする時間はあんまりないぞ？」

「無駄にさせてるのはどっちですか……まったく」

　いまだ腹に据えかねる顔で先んじて歩き出すソフィー。俺は笑いを堪《こら》えて後を追った。

　住居区画を抜けて、見かけ上の天と地を結ぶスポークエレベータを目印に歩いてゆくと、エレベータ前の広場には人集《ひとだか》りができていた。

　休日に加え、軌道旅商《オービタル・キャラバン》の出張販売が行われているのだ。

　宇宙空間は進むのにも止まるのにも燃料をバカ食いするから、日用品以外の物品はなかなか定期便でやってこない。必要不可欠な消耗品——要するに必ず儲《もう》けが出るものばっかりだ。

　そういう、通常の定期便ではなかなかお目にかかれない嗜好品《しこうひん》や珍しい物品を集めて軌道世界を売り歩くのが、軌道旅商と呼ばれる集団だ。運送会社と並んで宇宙船一隻から始められる仕事の最たるものだが、余計な在庫で燃料を食えばすぐに赤字だから、仕入れ担当は目利きがないと務《つと》まらない。

　現在アルテミシア宇宙学園に寄港した軌道旅商は、アクセサリーなんかの装飾品を主に扱っているらしい。簡易テントの出店に女子生徒がわらわらと集まってキャーキャーと黄色い声を上げている。

「好きだねぇ、どうにも」

「ソラさん。これ、どう思います？」

　先ほどの怒りもすっかり忘れ、アクセサリーを物色するソフィーが俺に振り向いた。そう高いものじゃないが、凝った作りの髪留めを手にしている。

「んー、却下」

「却下、なんですか？」

「まずは目的のものを買ってからだ。さて、どこにあるかな……」

　後ろ髪を引かれるソフィーを引っ張って、俺は目当ての店を探す。軌道旅商の規模にかかわらず、必ずある筈《はず》なんだが。

　きょろきょろと見回しながら出店を巡っていると、ソフィーを引っ張る腕が柔らかく包まれた。横目を向けると、ソフィーがしっかりと俺の腕を抱き寄せていた。

「なんだ?」

「デートっぽい雰囲気を出そうかと思いまして」

ソフィーは悪戯《いたずら》っぽく笑って胸をすり寄せる。先ほど堪能《たんのう》した柔らかさを思い出し、両手が自然にわきわきと動いた。

「——そんなに抱きつくと、ほんとうにポロリしちゃうぞ?」

「その時はその時です」

そう言って、ソフィーは俺の腕を離そうとしない。

「………………」

「マスター? なんだか呼吸数と脈拍数が上昇してますよー?」

俺の肩に乗ったポンコツが耳打ちした。

「体温を上げないのは立派ですが、マスターも意外にうぶぅびゅうっ!」

ポンコツの頭を握力を鍛えるゴムボール代わりに握り締める。

「……ま、ゴッコ遊びがしたけりゃ好きにしてくれ」

「はい。好きにします」

ソフィーは笑って俺の腕をより一層抱きしめた。ほんとうにポロリしたらどうするつもりなんだか。

そうして腕にソフィーを引っ付け、ポンコツの頭を「みぎゅぎゅぎゅ～～」と握り締め

ながら歩きまわって、

「お、あった」

ようやく目当ての香辛料の出店を見つけた。真空保存と圧縮技術のおかげで、香辛料と調味料の運搬はかなり楽になっている。

早速交渉を始める。

「──おっちゃん、柚子胡椒《ゆずこしょう》ある？」

「柚子胡椒？」

腕に引っ付くソフィーが首を傾《かし》げた。

俺はソフィーに力説する。

「そう、柚子胡椒だ。日の本は九州生まれの偉大な万能調味料だ。かの明治維新の折、薩《さつ》摩《ま》志《し》士《し》たちは戦闘の前にこの柚子胡椒を食し、その身を修羅と変えて戦い抜いたという」

「そ、そんなすごい食材が……！」

「いや、嘘《うそ》だけどな」

ずるりとソフィーがずっこけた。

「だが美味《うま》いしくせになるからお試しあれ、だ。んで、ある？」

五分後。

柚子胡椒をはじめ珍しげな調味料を買い込み、俺はほくほく顔で大満足だった。

まだ」

「よし。これで向こう二ヶ月は和食欠乏症で苦しむこともないし、本格カレーも思いのま

「凝りますよねぇ、本当に」

荷物を分担して持つソフィーが、複雑な面持ちで呟《つぶや》く。

「必要だから覚えたと言ってましたけど、やっぱり好きなんですね」

「そりゃそうだ。だいたい、食うことはこの上なく素晴らしいことだからな。食事が美味いってだけで、生きる気力が湧《わ》いてくる」

俺は遠い目をして、幼き日の地獄を思い出した。

「富士山の山頂に取り残されたと思ったら、次の日にはコンパスもなく樹海に放り出され、素っ裸で無人島に置き去りにされた。草を喰《は》み、虫を飲み込み、よく分からない海藻で飢えをしのぐ。そんな精神修養という名の拷問と虐待の日々を延々七年間も続けてみろ？温かい食事の素晴らしさ、味のする食事のありがたさが身に染みるってもんだ」

「……それはさすがに冗談ですよね？」

「俺は嘘は吐《つ》くが冗談は吐かん」

「いえ、そんな事を堂々と言われても……ということは本当にそんな訓練を？」

「訓練というか、度の過ぎた嫌がらせだな」

「……聞けば聞くほど非常識な生活です。よくトラウマになりませんでしたね」

「あほう！　トラウマなんぞになったら次の日生き残れないじゃねーか！」

「……冗談じゃなく、本当に毎日がサバイバルだったんですね……けれども、それが一体どんな訓練になるのでしょうか？」

「知らん。確かに無重力に慣れるための訓練もしたが、七割はそういう何の効果があるか定かでないものだったな。知ってるか？　人間って何の光もない場所だと二日で幻覚が見えはじめるんだぜ？」

「……ソラさんがいつも飄々《ひょうひょう》としている理由が分かった気がします」

ソフィーは空恐ろしそうな顔をして軽く引いていた。気持ちは分かる。俺もこれが自分のことでなけりゃ同じ反応をするだろう。

「ま、おかげでちょっとやそっとの事じゃ動じなくなったがな」

「はあ……あの、もうソラさんのお買い物は終わりなのですよね？」

「ここで買うのはこれだけだな」

「なら、ちょっと回ってみませんか？　次に軌道旅商がやってくるのが何時《いつ》になるか分かりませんし」

そわそわと提案するソフィーに、俺はわざとらしく顎《あご》に手を当てて思案する。

「ふぅん？　ま、この三日じっとしてるだけで詰まらなかったろうからな。ちょっとだけ寄り道してくか」

「はい！」

ソフィーは飛び上がりそうな声で頷《うなず》いた。

改めて旅商の出店を回ることになったが、なかなか面白い。さほど自分を飾り立てるのに金を掛けるつもりはないが、見る分には楽しいものだ。

実用性皆無の酔った勢いで作ったような帽子とか、邪神崇拝者が身に着けそうなおぞましいネックレスとかを眺めてひとしきり笑う。

「ソラさん！　これ似合ってますか？」

「似合ってるんじゃね？」

「ソラさん、これはどう思います？」

「似合ってる似合ってる」

「こっちはどうです？」

「チョー似合ってる」

「もう少し真面目にやってください！」

「女の買い物に真面目に付き合うのは、おんなじ女でない限りは生来のマゾでなけりゃ無理だからなぁ」

「……ドSなソラさんが言うと説得力ありますね」

適当に付き合う俺に唇を尖《とが》らせるソフィーだが、それほど不機嫌そうな感じでもない。

これはこれでそれなりに楽しんでいるようだった。雑多なアクセサリーをあっちからこっちへと眺めては、身に着けた姿を俺に見せつけてくる。

五大財閥の一角の創業者一族という出自に鑑《かんが》みれば、軌道旅商が運んできたアクセサリーなんぞは安っぽすぎるようにも思えるが……。

そういえば、俺は意外にソフィーの過去を知らない。あまり聞くのも言わせるのも楽しそうじゃないので問うことはなかったが、気になるといえば気になる。

同族意識と言ってしまえばそれまでだが、ソフィーがいかにして『家を見返す』と考えるに至ったのか、ちょっと興味がある。

「……ん？」

そんな風に考え事をして歩いていたからか、いつの間にかソフィーの姿が消えていた。あっちはあっちで物色に夢中だったから、知らぬ内にはぐれてしまったらしい。

「やれやれ。携帯端末で呼び出せば一発だが……ま、足を使ってみますか」

広場の雰囲気に当てられたか、ソフィーを捜そうと踵《きびす》を返しかけ——

「——ちょいとちょいと。そこのカッコイイお兄さん」

「なんだ？」

呼びかけられて振り向くと、俺を呼んだらしい女が、地面に広げたシートの向こうで目を瞬かせていた。

「……何の迷いもなく振り向いたね？」

「カッコイイお兄さんって言ったら、先《ま》ず俺のことだからな」

俺が自信満々に口の端を持ち上げると、露店の女はおおげさに肩を竦《すく》めた。

「そこまで恥ずかしげもなく言い切った男、初めて見るよ」

「俺も客にそんな口叩く商売人は初めてだな」

俺は改めて女を眺めた。

少し長めの癖のある黒髪《ブルネット》に、黒い瞳《ひとみ》。顔は整っているが、妙に印象が曖昧《あいまい》だった。整っているが故に平凡、というべきか。崩れもない分特色も薄くて、今一歩『美女』と表現するのが躊躇《ためら》われる感じの女だった。

「お互い初めて同士ってわけね。お兄さん、名前は？」

「日向《ヒュウガ》ソラだ。名前の後に付けるのは様と閣下の好きな方から選べ」

「なら両方採用しようかな。よろしくソラ閣下様。私は〝AT〟」

「AT？　何の略だ？」

「それが分かったなら商品を半額にしてあげる。どう？」

「へぇ？　口が悪い割りに面白い趣向だな」

興が乗って、ATの商品を眺めてみる。シートに並べられていたのは、前時代的な視力矯正器具、つまりはメガネだった。伊達《だて》からサングラス、さらにはモノクルと、なかなか品ぞろえが良い。

「って、それでもこれはないだろ」

　ギラギラ光を反射するミラーシェードを指差し、俺は逆に感心した。掛けたら顔の半分は隠れそうな、やり過ぎ厨二《ちゆうに》アイテムだ。いまだにこんなものが造られているとは。

「ああ、残念。コレは売り物じゃなくてね」

「売り物でも買わねぇよ。んで、ATだが……『オートマチック』の略か?」

「そんな分かりやすくはないよ」

「『絶対恐怖』?」

「違う違う」

「『アスタチン』?」

「放射性物質を名前にするなんてゾッとしないね」

　俺は肩をすくめて立ち上がった。

「もう諦《あきら》めちゃうの?」

「絶対知りたいワケじゃないし、メガネも今のところ必要ないしな」

「変装用にサングラスがひとつあると便利だけど?」

「目立つだろ。じゃ、頑張ってくれ」

　ひらひらと手を振ると、ATも手を振り返した。

「はいはい～、またね～」

もう一つおまけに肩をすくめ、ソフィーを捜すべく雑踏の中へ分け入った。

※　※　※

少し遅れ気味にミーティングルームに到着すると、お喋《しゃべ》りをしていたチームメイトたちが途端に静かになった。そして無言でチラチラと、なんとも言えない視線を投げかけてくる。

――いい加減にしてくれ。

リーダー故に顔には出さなかったが、リズは胸中で深々と嘆息した。

「……始めましょう。早速ですが、新しい〝導管〟の配置と運用について――」

三日前の『エンジェル・フェイス』との戦いを踏まえての作戦会議。露呈した配置上の偏りなどを修正した案を話しあおうと思っていたリズだったが、隠さない嘲笑《ちょうしょう》がそれを遮った。

「それで効果があるのかねぇ？」

「……どういう意味です？」

「いや、さ。どんなに俺たちが頑張っても、肝心のリーダー様が力不足だったらどうにもならないいんじゃないか、って思ってさ」

「……確かに、私の〝念雷《エレクトロキネシス》〟の出力がもっと高ければ、接敵させられる前にソフィーリア・マッカランを倒せていたかも知れません」

試合からこちら、彼らは事あるごとにこうして絡んできた。半端チームに負けたのは、『出来損ない《レベル・エラー》』に打ち負かされたリズのせいだと。

チームの根幹をなす『アルテミスの箭《や》』は、リズを中心としたフォーメーションだ。その成否はリズに掛かっているのは確かである。

チームメイトの懐疑的な問いかけに、リズは自分の至らなさを認めつつも「しかし」と言葉を返した。

「攻撃起動とその反応速度から〝導管〟を配置する念動使い《サイキネ》の位置が特定されてしまった。これは事実です。なら今後同じことがないように改善するのは当然のことで――」

「そういう事を言ってるんじゃないよ」

険の見え隠れする声がリズの説明を止めた。

ミーティングルームを見回せば、椅子《いす》に座ったチームメイトたちは皆、多かれ少なかれ同じような顔をしていた。

懐疑。

侮蔑《ぶべつ》。

それに——嫌悪。

向けられて居心地のよろしくない感情が彼らの顔を歪《ゆが》ませていた。

試合に負けて不貞腐《ふてくさ》れた表情をされたことは度々あったが、何《いず》れにせよ、チームのリーダーに向けていい表情ではない。

「……なら、どういう事を言いたいのかしら？」

「ハッキリ言わないと分からないか？」

仲間たちが笑う。皆、嘲笑していた。

「お前はリーダーの器じゃない、って思い始めてるんだ。俺たちは」

「……私の能力に不満が」

「これまではなかったけどな……けど、気になる噂《うわさ》を聞いたんだよな」

「噂？」

「お前、〝メイデン〟らしいじゃないか」

「————ッ！」

頭が、真っ白になった。

何故《なぜ》、と疑問がリズの頭を駆け巡る。

言葉を失うリズを、チームメイトが——仲間だと思っていた者たちが冷笑する。

「そうだと知ってれば、リーダーなんて任せなかった。〝メイデン〟なんかには、絶対に」

「…………黙りなさい」

小さな拳《こぶし》をぎゅっと握り、リズはチームメイトたちを睨《にら》み付けた。

「そんな噂を信じてどうするんですか！　さあ、ミーティングを続けますよ！」

「……了解、リーダー」

自分に向ける視線をいささかも変えることなく、納得など到底していない白けた声が返って来た。

そうして、ミーティングに似た何かを終えて退室したリズは、ずっと何気ない顔を装っていたものの、トイレの個室に飛び込んで「うっ」と口を押さえた。

「うっ、う…………っ」

締め付けられた胃から逆流するものを我慢できず、リズは激しく嘔吐《おうと》した。水分や固形物を吐き出しても気持ち悪さは収まらず、胃液が喉《のど》を焼いて涙が滲《にじ》んだ。

「リズ……」

ファブニルがいたわるような声を出して、尻尾《しっぽ》でリズの背中を擦《さす》った。

「……リズ。保健施設へ行った方が……」

「……大丈夫よ、ファブニル」

干からびたみたいな酷《ひど》い声に我ながら苦笑し、リズは相棒に首を振った。

「大丈夫よ、ファブニル。ただ、気持ちが悪いだけだから」

「…………」

「帰りましょう」

トイレを出て学舎を後にし、足早に自分の住まいへ向かう。途中、スポークエレベータ前の広場が軌道旅商《オービタル・キャラバン》の出店で賑《にぎ》わっているのを見つける。

気晴らしに覗《のぞ》いていこうか、などと思ったものの、ちょうど広場から出てくる人物を見つけ、リズは身体《からだ》を硬直させた。

「あ。お子様じゃねーか」

しかも運悪く気付かれてしまった。

出来損《レベル・エラー》ないの少年——日向ソラは、飄々《ひょうひょう》とした足取りで近付いて、脳天気なニヤニヤ笑いを浮かべてリズの顔を覗き込んできた。

「どうした？　ひっどい顔だぞ？」

「…………」

「負けて悔しくて泣いちゃったか？　だけどまぁ、それも経験だ。負けてみんな強くなる。俺もそうだったからな」

上から目線で押し付けがましく言って、おまけに許してもいないのに頭を撫《な》でてくる。

「またいつでも勝負してやんよ。いつでも挑戦してこいや」

「……………ふざけるな……」

「んあ？」

「ふざけるな出来損ない！」

勝手に撫でてきた腕を払い、リズは正面のレベルEを睨み付けた。

「お前と同じにするな！　私はお前なんかとは違う！　私は――」

――お前、〝メイデン〟らしいじゃないか？

「っ!?」

言葉が止まった。また胃がキリキリと締め付けられる。心臓も痛い。鼓動が早まりすぎて耳鳴りがしそうだった。

「おい……どうした？」

レベルEが訝《いぶか》しげな顔をする。まるで気遣うような声を出す。

最悪の気分がさらにささくれ立ち、リズは無我夢中で殴りかかった。

「このっ！　アンタなんかに！　アンタなんかに……っ！」

「おい、やめろ……やめろって！」

体格が違うから簡単に撥《は》ね除《の》けられる。

通常なら受け身など簡単に取れるはずだったが余程動転していたのか。リズは思い切り背中から倒れてしまった。

「うっ……」

「……おい。どうしたんだ、お前？」

レベルＥが手を差し伸《の》べてくる。出来損ない――十数億人に一人の正真正銘の失敗作が、自分を憐れんでいる――

「――――ッ！」

助け起こそうとする手を振り払い、リズは背を向けて走り出した。

待てだの何だのと声が掛かるが、一切無視して走り去る。

一目散に、リズは逃げ出した。

走って走って走り続けて、学生寮が密集する住居区画の暗がりへ逃げ込んだ。ぜえぜえと息を切らせ、リズはずるずると人目の届かぬ狭苦しい隙間《すきま》にしゃがみこんだ。

「……リズ……」

ファブニルが声をかけるが、リズはもはや返事をすることが出来なかった。

悔しい。憎い。怖い。

ドロドロとした黒い熱と、心臓が凍る真っ白な冷気とが交互に胸中で吹き荒れて渦を巻く。幼く小さな身体を弾《はじ》き飛ばさんばかりの激情に、リズは身を縮めて耐え抜くのに必死だった。

「……力が……力さえ、あれば……」

リズは思わず呟《つぶや》いた。

その呟きに、

「――提供しましょうか？」

思いもかけず応《こた》えた声に、リズはよろよろと顔を上げた。

逃げ込んだ路地の入り口に、女が一人立っていた。

癖の強い黒髪。整っているが妙に印象が曖昧《あいまい》な面貌《めんぼう》の女だった。

女はひとつ頷《うなず》くと、商売人じみた笑みを浮かべて近づいてくる。

「何やら思い悩んでいらっしゃるご様子。アルテミシア宇宙学園のエースであるリズ・ポーターにあるまじきお顔だ」

女は大げさな手振り身振りで語りかけてくる。怪しんでくれと言わんばかりの胡散臭《うさんくさ》い態度だが、何故か目を離せず引き寄せられる。

「いったい理由は何なのか……ああ、あの噂ですか？　あなたが〝メイデン〟である、という？」

「………………」

「おや、まさか噂は真実であると？　ならば必要ですよね――〝力〟が」

女はニタリと笑い、懐から何かを取り出した。かすかな人工灯の明かりをギラリと照り返すそれは、顔の半分は覆いそうなミラーシェードであった。

「馬鹿《ばか》で勝手な先入観を押し付けてくる愚か者たちに知らしめる〝力〟――いかがです？

私はあなたのご要望にお応え出来ると思うのですが？」

「………」

「リズ、こんな怪しい女の口車なんかに……」

ファブニルが警告するが、リズは女から意識を離すことが出来ないでいた。

この女はまともじゃない。きっと悪魔の同類だ。だってリズは今まさに、悪魔と契約してでも〝力〟が欲しいと思っていたのだから。

リズは立ち上がると、自分を誘惑する悪魔に問い掛けた。

「……あなた、名前は？」

女は、さながら道化《ピエロ》の仮面のような笑顔を貼《は》り付け、恭しく腰を折った。

「私はAT——運命の糸を紡ぐ魔女の一人——」

2

ソフィーも復帰してのトレーニングを再開したが、肝心の俺はどうにも調子が乗らなかった。戦闘指導にもキレがない。

「ギブッ！　抜ける抜ける手が抜ける！」

マットをバンバンと叩《たた》くフレーナの腕ひしぎ固めを解いて立ち上がる。拘束を解かれたフレーナが息を切らしながら俺を睨み上げた。

「……上の空で技を掛けるな。怪我《けが》をするから……あたしたちが」

「……フレーナの言う通りですよ」

少し離れた場所でボロ雑巾《ぞうきん》みたいに転がるソフィーが弱々しくフレーナに同意する。

「……もう少し気合を入れて手加減してもらわないと、わたしたちじゃ相手にならないんですから……」

「んー……そうだな。すまんすまん」

「けれど実際、ちょっと一昨日から変よ、ソラ」

顧問として監督中のアオが憂い顔を傾ける。

「心配事があるのなら相談して。それも顧問の務めなんだから」

「んー……別に心配事ってほどのもんじゃないんだが」

どう言おうか迷っていると、

「いやー、それがですねー」

今日は頭の上に引っ付いているポンコツが口を開く。

「実は、女の子を泣かせてしまいましてー」

ポンコツがわざとらしくいろいろ端折《はしょ》った説明をした途端、女たちが一斉にぴくんと耳を動かした。

俺は苛立《いらだ》たしく舌打ちをした。

「余計なことを……」

「ど、どういう事ですかソラさん!?」

体力尽き果てていた筈《はず》のソフィーが、がばりと起き上がって俺に詰め寄る。

「お、おおおお女の子を泣かせたって、まさかまたいきなりその女の子の胸を……！」

「……お前《ソフィー》の中で、俺はどんな破廉恥漢になってるんだ？　初対面でいきなり胸を揉《も》むなんて嬉し恥ずかしの経験はソフィーとだけだ」

「……わたし、だけ。そうですか。わたしだけ、ですか」

何やらまんざらでもない顔をするソフィー。

……ちょっと調教が行き過ぎて性欲を持て余し気味なのか？

「そんなら何したんだよ！」

ずるずると這《は》い寄《よ》ったフレーナが、疑わしい目を俺に向ける。

「お前の事だから、どうせ酷い言葉責めを浴びせたんだろ！　この鬼畜！　ドS！」

「ほぅ？　そんなに俺に言葉で責めて欲しいならご要望にお応えするぞ？　トップとアンダーの差一桁《ひとけた》のフレーナ・アードヴェック先輩？」

「ひ、一桁じゃねぇよ！」

「そうだな。乳首を差っ引けば限りなくゼロだもんな」

「お、お前見てたのか？」

「あ？　ホントにそれで誤魔化してたのか？」

「ぴにゃぁぁああああああああああああああああっ！」

墓穴を掘ったフレーナが転げ回る。

……言葉責めが大好きなのは自分だろうが。

「――ソラ？　いったいどこの誰《だれ》を泣かせたの？」

アオが不気味なくらいニコニコ笑って俺に問い掛ける。

「……教えてもいいが、教えたらどうするつもりだ？」

「もちろん、消すわ」

「……消すのか？」

「ええ。ソラに泣かされるのも鳴かされるのも、私ひとりで十分だもの」

花の蕾《つぼみ》がほころぶような笑みを浮かべるアオ。

……微妙に話が通じてないが、何か勘違いしてるのだろうか？

ともかく、三者三様の反応を見せる女たちに、俺は一昨日の出来事をかくかくしかじか
と詳しく説明した。

「――というワケだ」

「わたしとはぐれて合流するまでに、そんなことがあったんですね。負けたのがそんなに

悔しかったのでしょうか？」

ソフィーが言った。

「悔しくて泣くなんて、リズ・ポーターのイメージに合わないんですが」

「そりゃあ、コイツの顔を見たから、じゃないか？」

フレーナが俺の顔を指差して賢《さか》しげな顔をする。

「この面で笑われたら、大抵の人間はドン引きだからな。それが弱ってる人間なら、怯《おび》え出しても不思議じゃない」

「俺は別に凄んじゃいねぇよ。普通に話し掛けただけだ」

「そう思ってるのはマスターだけですよー」

ポンコツが図々《ずうずう》しく俺の頭の上で曰《のたま》う。

「アレはどう見たって悪者ですよー。ちっちゃい子にいちゃもん付ける不良そのものですものー。マスターはご自分の顔が素でチンピラだって自覚するべきですー」

「ご忠告ありがとう。さすがは俺の相棒だな」

「その相棒を股裂《またさ》きの刑にするのはやめてくださぎゃばばばあ——————っ!?」

逆さ吊《づ》りにして退屈しのぎにポンコツの両足をぐいぐいと引っ張っていると、何故《なぜ》だかソフィーとフレーナが顔を見合わせ納得したように頷きはじめた。

……一体何を納得してやがる。

「リズ・ポーターといえば……ここ数日で妙な噂《うわさ》が流れてるわ」

思い出したようにアオが言った。

「噂？　どんな？」

「教官の間でも噂になってるのを聞いたんだけど――」

アオは、なんだか奥歯に物が挟まったような顔で、躊躇《ためら》いがちに言う。

「――リズ・ポーターは〝メイデン〟だ――という噂よ」

その言葉に、ソフィーとフレーナもアオと同じような顔になった。

「……〝メイデン〟って、あの〝メイデン〟ですか？」

「おそらくね……」

「なるほどな……そんな噂が流れてるなら、いろいろ陰口も言われてるだろうな……」

女たち三人が、物知り顔で黙り込む。

一人だけ意味を摑《つか》みかねた俺は、ポンコツを放り出して三人に問い掛けた。

「――なあ？　いったいどういう意味だ？　処女《MAIDEN》がどうかしたのか？」

俺が質問すると、何故だか三人とも意外そうな顔を俺に向けてきた。

「……意外です」ソフィーがぽつりと零《こぼ》した。「ソラさんにも、知らないことがあるんですね……」

「別にいいだろ、人間だもの。んで、どういう意味なんだ」

「ああ……まぁ、なんというか……」

フレーナが言いにくそうに言葉を濁らす。

『エンジェル・フェイス』の二人が何と言うべきか迷っていると、教育実習生としての責任感からか、アオが口を開いた。

「……『MAIDEN』ではないわ。『MADEN』よ。都市伝説みたいなものだから、ソラが知らなくても無理はないわね」

「都市伝説?」

「ええ。〝メイデン〟というのはね——」

アオが言葉を吟味しながらゆっくり喋《しゃべ》っていると、トレーニングルームのドアが音を立てて開いた。

俺たちは反射的にドアに目を向け——ぎょっとした。

「——ごきげんよう、『エンジェル・フェイス』の皆さん」

噂をすれば影というべきか。

姿を現したのはリズ・ポーターだった。

それもそれで驚いた理由だが、一番目を奪われたのは、

「……イメチェン、か?」

青髪のお子様は、幼い顔に似合わぬ厳《いか》ついミラーシェードを掛けていた。顔の上半分が

隠れてしまっている。

イメチェンにしてもやり過ぎ感のあるお子様は、ミラーシェードを俺に向け、わずかに見える口元に冷笑を浮かべた。

「先日は失礼しました、日向《ヒュウガ》ソラさん」

まったく失礼に思っていない声だ。

とはいえ呼びかけられた以上は返事をしなきゃならん。

「……どうも」

「どうも。それで早速ですが、確か先日こう仰《おっしゃ》ってましたね？　またいつでも勝負してやる、と」

「ああ。確かに言ったな」

「その言葉通り、試合を申し込みに来ました。練習試合です。受けていただけますよね？」

「……俺は一メンバーだからな」

ちらりとソフィーに目をやる。

目を白黒させていたソフィーだったが、さすがに試合と聞いては黙っていられず、表情を引き締めた。

「試合を挑まれれば拒否する理由はありません。しかし霧島《キリシマ》アオの顧問就任の件は正式に了承されていますから、仮令《たとえ》わたしたちが負けても覆すことは出来ませんよ？」

「ええ、分かっています。これはあくまで練習試合の申し込みです。まぁ——試合の後でもチームが存続できれば、の話ですが」

「……どういう意味です？」

「言葉通りの意味です。試合に怖くなってドロップアウトするなんて、よくある話でしょう？」

リズ・ポーターは冷ややかに言い放つと、踵を返して小さな背を向けた。

「それでは、了承されたということで。試合はそう——三日後の、『ブルームーン』の無重力フィールドの使用予約日で。お待ちしています」

そう言って、お子様は青い髪を揺らして去って行った。

俺たちは四人揃《そろ》って顔を見合わせた。

「……どう思いますか？」

「さあ、な。ただ一つだけ言えるのは、だ」

ソフィーの問い掛けに、俺は口の端を皮肉げに持ち上げた。

「ロクでもない事が起きる……それだけは確かなことだろうさ」

第四章 『失敗作』と『出来損ない』

CHAPTER 4

ORBITGAME
VOLUME TWO

1

『メイデン』とは、とある都市伝説なのだそうだ。

MADENとはMADE childrEN、つまりは『造られた子どもたち』を意味する。

遺伝子治療、遺伝子修復はすでに確立された技術だ。現在の宇宙開発に必須な『活性剤《アクティベーター》』も、特定のウイルスを運び手《ベクター》としてスイッチとなるＤＮＡ配列を修飾することでＡＡ因子を活性化させる。

欠損のある遺伝子を修復する遺伝子治療も、地上ではごくごく当たり前となった。もっとも容姿に関する遺伝子を〝改造〟するのは、さすがに遺伝子保存協定で地上でも軌道世界でも禁止されているが。

軌道世界において気分的に遺伝子改造が忌避されていると言っても、そこに技術があるなら使おうと考えるのは至極当然のことだ。

そして軌道世界で一番関心のある遺伝子改造と言ったら、取りも直さずＡＡ因子の調整で強力な《発現者《ノーブル》》を生み出すことだ。しかもAA因子の調整は、なんと遺伝子保存協定の外なのだ。そうでなければ活性剤の使用も違法となってしまう。

　そうしてとある企業が、高レベルの《発現者》、特定遺能《いのう》を発現させる為《ため》に発生直後の胚《はい》を遺伝子調整する事業に手を出した、らしい。らしいというのは、その企業は遺伝子調整した《発現者》を造るという噂が流れてからしばらくして倒産し、経営者や資料も散り散りとなって、真偽は定かで無いからだ。

　だが、その企業は水面下で事業を実行し、少なくない数の遺伝子調整された生まれながらの《発現者》を生み出していたのだという。

　その企業の事業計画名が『プロジェクト・メイデン』で、密《ひそ》かに生み出されたという子どもたちも『メイデン』と呼び称されるようになった。

　噂の真偽は定かで無い。だが軌道世界では真《まこと》しやかに広まった都市伝説だ。

　だが例えば、クラスに一人哀れな虐《いじ》められっ子がいたら、そいつは「お前はメイデンだ」などと言って差別されるらしい。

　まあ、ようするに虐める為のお題目、ハブる正当性をこじつける、大昔から存在する原始的で妥当性もない因縁付けの一種だ。差別されるのが当然という理屈を捏《こ》ねるのに、調度よい噂話だったんで広がったんだろう。

　——が。

心の何処《どこ》かでは皆こう思ってるのだ。『そんな存在がいない筈なんてない』と。メイデンという造られた子供の都市伝説があっという間に流布したのも、そういう事実を皆があり得ることだと思っていたからだ。

リズ・ポーター。

あのお子様は、そんなきっと何処かに必ず居るメイデンの一人だと、いつの間にやらそんな噂がアルテミシアに広がっていた。

2

練習試合当日。

GPUスーツに着替えた俺たち『エンジェル・フェイス』は、およそ三〇〇メートルの距離を隔てて『ブルームーン』と対峙《たいじ》していた。

ゲームの勝敗形式こそフラッグ・プレイヤーを倒すものだが、フィールドは何の変哲もない素の真空状態だった。外壁には全天カメラが捉《とら》えるリアルタイムの宇宙が映し出されている。外壁に足をつけていないと、宇宙空間に放り出されたような錯覚を覚える。

フィールド内の環境設定は手間が掛かるから、練習試合なら素の状態であるのはごく当然の事だった。それは事前に通達されていたから、別段なんということもないのだが、

『なんか、落ち着かないな……』

お馴染《なじ》みの接触回線でフレーナが言った。

『普通の練習試合というか……切羽詰まってない戦いだから気楽にすればいいのに、逆に緊張するというか……』

「背水の陣ってのは、戦略としちゃ下の下なんだがな」

まぁ、フレーナの言うことも理解できなくもない。半端チームだの何だの言われ続けた『エンジェル・フェイス』が練習試合をするなんて、これが初めてのことだ。

とはいえ、フレーナが落ち着かないのは、もっと別の理由だろうが。

『……どうにも、様子が変ですね……』

と、相手チームを凝視していたソフィーが言う。

『上手《うま》く言えないのですが……リズ以外のメンバーが、妙にそわそわしているような……』

確かに。

あのお子様の周りに控えている四人のチームメイトは、びしりと姿勢を正している割に戦意が感じられない。というか、明らかにこっちを見ていない。むしろ自分たちを率いるリーダーばかりに注意を向けているのが、遠目にも明らかなほどだった。

おまけに、装備が変わっている。

《オービット・ゲーム》の規定で、GPUスーツに積載できる装備品は各項目ごとに上限値が定められている。見たところ、今回の『ブルームーン』はプロテクターの面積を増やし、その上にさらに推進器とその燃料を上限ギリギリまで増設していた。あれだけバカ積みしたらどんなに推進器と燃料を増やしてもすぐに限界がくる。むしろ推進器と燃料そのものが重みになってるハズだ。

「……ま、何にせよ戦えば分かるさ」

結局はそれに尽きる。

頷《うなず》き合っていると、フィールドに公開周波数の通信が流れた。

『──教育実習生の霧島アオです。『エンジェル・フェイス』の顧問として、今回の練習試合の監督を任されました。練習とはいえ、人工フィールド内とはいえ、あなた方がいるのはほぼ真空の宇宙空間と同じ環境であることを忘れないで下さい。くれぐれも注意と集中力を切らさないよう、本番同様の心構えで臨んでください。

──それでは、準備はいいですか？』

アオの確認に、俺たちは頷き合って身を屈《かが》めた。

『──5、4、3、2、1──試合開始！』

壁を蹴《け》って無重力に泳ぎ出す。

さて、遮蔽《しゃへい》物もなくお互い丸見えの状態だ。

こういった場合、緩やかに移動しながら相手の出方を窺《うかが》うのが定石だが――様子を見る暇などほとんどなかった。

開始と同時に、『ブルームーン』の連中は真《ま》っ直《す》ぐまっしぐらに俺たちへ向かってきた。

「数の多さに任せての強引な突撃、か？　だがそれにしたって――？」

短距離通信をオンにして喋っていたのだが、ソフィーもフレーナも全く反応しない。

直接触れ、接触通信で呼び掛ける。

「おい、ソフィー」

『はい？　何ですか、ソラさん？』

「何で反応しない？」

『反応？　何か喋っていましたか？』

ソフィーの訝《いぶか》しげな反応に、俺は自分の肩にひっつくポンコツに目を向けた。

「――ポンコツ。これは電磁波のせいか？」

「ですねー。現在、このフィールド全域に強烈な磁《じ》気《き》嵐《あらし》が展開中ですー。短距離通信はたとえ一センチメートルまで近付いても役立たずです。精神共鳴するマスターとサーヴァントロイドはともかく、プレイヤー同士の通信は接触回線に限定されますー」

「このフィールド全域をカバーする磁気嵐か……情報遮断にリソースを振り分けたな」

念話使い《テレパス》によるネットワークに難のある『エンジェル・フェイス』はこいつをやられる

と弱い。弱いが、それだけに予想済み対策済みだ。

あちらがこちらへの対策を立てる事を想定してこそ、ようやくこれまでの苦労が報われるってものだ。

事前の打ち合わせ通り、手信号で指示を出す。

ソフィーとフレーナも手信号で返事する。

真っ直ぐ向かってくるリズ・ポーターを除いた『ブルームーン』を迎撃すべくフォーメーションを組む。

俺とソフィーが先行する。

フレーナはそのまま天頂方面へ移動し、フィールドを俯瞰《ふかん》する位置取りに付いた。

〝こちらへ向かってくる四人は微妙に速度に差がある。右側からアルファ（念動使い《サイキネ》）、ベータ（念話使い）、チャーリー（念話使い）、デルタ（念動使い）と仮称。アルファとデルタが突出しがちになってる。位置から考えても、最初に接触するデルタを真っ先に叩《たた》け！〟

頭の中にフレーナの声が木霊《こだま》する。

情報コントロールが難しいなら、いっそ司令塔にしてしまえば良い。問題は、フレーナの性格が司令塔の役割に不向きなことだが、それは追々矯正――訓練していけばいいだけの話だ。

手信号で意思確認をした俺とソフィーは、フレーナの指定したデルタへ狙《ねら》いを定める。突出した前衛を二対一で速攻で片付ける。そう思ったのだが。

「――何だ？」

バイザー越しに敵プレイヤーの顔を確認できる距離に近づくと、相手の浮かべる表情に疑念が芽生えた。

脂汗を浮かべ、口元を引《ひ》き攣《つ》らせ、目を血走らせている。

まるで背中に火が点《つ》き追い立てられたような敵プレイヤー・デルタは、眩《まば》ゆいニーベルング反応光を迸《ほとばし》らせて念動力場の腕を俺へ伸ばした。

躱《かわ》す。

すると今度は自分の鳥類型サーヴァントロイドに念動力場を纏《まと》わせて即席のミサイルとして突っ込ませてきた。

やはり、躱す。

あまりに必死で全力で、近視眼的に真っ正直な攻撃だから読むのも反応するのも容易《たやす》い。

だが、何故《なぜ》だ？

がむしゃらに突っ込んでくる敵デルタの念動力場に、ソフィーの念動力場が突き刺さった。衝撃を中和すること叶わずふっ飛ばされる。

だが、デルタはかなり無理矢理に自分の念動力場で体勢を立て直し、壁に跳ね返ったボールみたいに再急襲した。〝念動〟が力場を操る能力と言っても身体《からだ》に慣性が掛かるのは変わらない。あれじゃ相当な衝撃があった筈《はず》だ。

スタミナもダメージも意識の外と言わんばかりに襲い掛かってくるデルタだが、真正面から打《ぶ》つかればソフィーに叶うべくもない。念動力場をすべて引き剝がされたところで俺が接近し、制御円盤《メダリオン》を殴り砕く。

敵デルタは、死刑宣告でも受けたような顔でゲームオーバーとなった。

〝後続に囲まれるぞ！　ソフィー、ソラを引っ摑《つか》んで一旦《いったん》後退！〟

分厚い力場を纏ったマーリンが牽制《けんせい》する間に、ソフィーが俺を摑んで急速後退する。俺の肩を摑むソフィーの手から、不安げな声が届く。

『ソラさん、今のは……』

「ああ、まともじゃない。ただ勢いのまま突っ込んできやがった……」

あのお子様が再戦してくるからには、何かしらとっておきの作戦でもあるのかと思えば、戦略も戦術もないただの特攻ときた。

いったい、何がどうなってる？

いったい、何を考えてるんだ？

『――いったい、何をやっているのです？』

ヘルメット内に無機質な音声が響いた。それと同時に、残った『ブルームーン』の奴《やつ》らがビクリと背筋を震わせていた。あっちにも流れたのか？

俺は視線を、いまだ後方に浮いたままのお子様――リズ・ポーターに向けた。ちっちゃな
バイザー越しに、ぎらぎらとしたミラーシェードの反射光が見えた。ちっちゃな身体か身体からは、ぼんやりとした白い光が周囲から浮き上がっている。

電気――電子の流れが『稲妻』として見られるのは、電気抵抗のある空気があるところでだけだ。前回の低可視フィールドでは、霧がその代わりをしていた。

だが、ほぼ真空である現在のフィールドでは、電離した電子は自由に飛び回れるから、結果としてああいうぼんやりした光になる。

〝念雷《エレクトロキネシス》〟――電子運動に干渉して、電磁気力を操る遺能《いのう》。

ヘルメットに響いた声は、まさかあのお子様が〝念雷〟で作り出した電波通信によるものなのか？　そんな繊細な事が可能なのか？

『足止めも出来ないのなら――分かってますね？』

合成された電子音よりも無機質な声が響く。

バッテリーも燃料も後先考えずに推進器を吹かし、残った『ブルームーン』のメンバーが全速力で突っ込んでくる。

正気か!?

「自棄《やけ》かよ……ソフィー！」

『はい！　全員、拘束します！』

真正面からやりあったらソフィーの念動力場に対抗できるワケがない。だからこそ念動力場で防御できない遠距離攻撃を仕掛けてくる『アルテミスの箭《や》』は脅威だったのに、これじゃ結果は分かりきってる。

案の定、どれほどあちらが必死ここうとも、ソフィーから伸びた念動力場が残った三人を包み込むように拘束した。

あんまりにも無様な戦いをさっさと終わらすべく、俺は動きを止めた敵プレイヤーへ接近してゆく。

〝ソラ！　ダメだ！〟

切羽詰まったフレーナの声が脳に響いた瞬間、俺は反射的に身体を丸めて防御体勢を取った。

直後、もっとも接近していた敵ベータが爆発した。

敵が肩に増設していた推進器が、火花を散らして破裂した。

無数の破片が俺に襲い掛かった。ついでに爆発の衝撃に押され、俺はなすすべなく翻弄《ほんろう》される。

〝ソラ！〟

『ソラさんっ！』

ソフィーが慌てて俺を受け止めた。弱い念動力場を重ねてクッションにして、俺の慣性を中和する。

そうして俺を抱きとめるとヘルメットを触れさせ、間近で俺を覗《のぞ》きこんでくる。

『ソラさん！　大丈夫ですか!?』

「……何とかな」

フレーナが警告してくれなかったらまともに食らってやばかった。〝念話〟による警告だったからこそ、瞬時に反応できた。

「まさか『カミカゼ』かよ……いや、自爆装置なんてのは明らかにレギュレーション違反だろが……」

〝ソラ、ソフィー！　また来る！〟

フレーナの警告が飛ぶ。

ソフィーの拘束が緩まった隙《すき》を衝《つ》いて、連中がまた接近してくる。今さっき爆発を食らった奴もだ。プロテクターのおかげでダメージは少ないみたいだが、狂った質量バランスを反映する錐揉《きりも》み飛行をしながらも、縋《すが》りつくように俺たちへ摑みかかってくる。

『こ、のぉぉおおおおおっ！』

俺を抱きとめたまま、ソフィーが再度三人を拘束する。

直後、今度は三人同時に爆発が起こった。

『きゃあああああっ!?』

「うお、おおおおおおお――」

火花が走った推進器が、燃料を引火させて爆発し、破片を高速でまき散らす。

とっさにソフィーを抱え込んだおかげで背中のバックパックが被害にあったが、ソフィーは無事だった。

『そ、ソラさん！　なんで……』

「万が一があったら困るだろが」

ソフィーのGPUスーツは軽量化されている。念動使いに合わせたカスタマイズだが、いまはそれが心もとない。

GPUスーツの基礎ボディースーツは、一番金がかかって偏執的な安全措置が何重にも掛けられている。ナノカーボン繊維を編み込んだ鎖帷子《くさりかたびら》とか、ある程度の傷を自己補修する再生皮膜とかだ。

だがそれでも万が一に備え、ある程度のプロテクターを防御用に身に着けるのが常だ。

ソフィーはその最低限のプロテクターも外し、防御力の一切を自前の念動力場に預けている。

「予定中止だ。ソフィー、念動力場を防御に回せ」

『しかし……』

何度跳ね返されようと諦《あきら》めず、なんとか俺とソフィーに近付こうと推進器を吹かしまくった。
焦げ付いた跡も生々しい『ブルームーン』たちが〝結界〟外縁で跳ね返される。しかし
俺に急《せ》かされ、ソフィーは自分を中心に力場を纏い、斥力場の〝結界〟を作り出した。
「何度も言わせるな。万が一があったら困る。はやくするんだ！」

『そ、ソラさん……こんなの……こんなの……』
怯《おび》えるように俺にしがみつき、ソフィーが声を震わせる。
『……こんなの、ゲームでも試合でもありません……』
「ああ……四十二通りの展開を予想してたが、こいつはまったく想定外だ」
まさか仲間を捨て駒《ごま》にするとは。
恐怖に引き攣る『ブルームーン』のプレイヤーたち。〝結界〟に張り付く念話《テレパス》使いが、
その表情に相応《ふさわ》しい〝念話〟を俺たちに向けてくる。
〝頼む……負けてくれ！〟
〝これ以上長引けば、また……〟
〝頼む、頼む、頼ぎゃあああああああああああああっっっ!!〟
懇願する〝念話〟を断ち切って、推進器が爆発した。
プロテクターに守られているとはいえ、至近で受ける爆発の衝撃は肉体的にも物理的に

も相当なものだろう。駄々漏れになっている〝念話〟を通じ、俺にまで痛みが伝わってくる。

〝あああああっ！　いやだいやだいやだいやだ！〟

〝頼む頼む頼む！　お願いだから負けてくれ！　俺たちを解放してくれぇぇぇえええっ！〟

声ならぬ声、悲鳴ならぬ悲鳴が木霊《こだま》する。

それを強いる彼らのリーダーは、爆発の衝撃も遠い後方で俺たちを眺めていた。

淡く白い光を纏っていたリズ・ポーターだったが、その様相はさらに変化していた。

幼く小さな身体を中心として、幾筋もの光の線が、まるで蛇のように滑らかに蠢《うごめ》いている。ほぼ真空に近いこのフィールドに漂っているガスや塵《ちり》に投影され可視化されるほどの、強力な陰極線だ。

その線の一本が、〝結界〟に阻まれるプレイヤー・チャーリーの増設された推進器に伸びる。瞬間、リズとチャーリーに強烈な光が迸った。

アーク放電――薄いガスや塵すらをプラズマと化す大電流は、チャーリーの推進器に到達した瞬間に絶縁破壊を起こして激しく放電。燃料に引火して、衝撃と破片を周囲にばら撒《ま》いた。

爆発こそプロテクターで防いだものの〝結界〟によって跳ね返ってきた破片に全身を打ちのめされ、悲痛な〝念話〟が撒き散らされる。

〝ぎゃああああああああああああああああああ！　やめてくれぇえええええええええええ！　悪かった！　メイデンと言ったのは悪かったから許しィィイイイイイイイイイイイイイイイイッ!?〟

撒き散らされる悲鳴は、爆発や破片以上に俺とソフィーに衝撃を与えた。

念話使いが経由してくる痛み――〝幻痛〟が脳細胞に染み込みはじめる。

「ぐっ……」

『う、うぅ……』

ありもしない痛みを肉体に感じはじめた。

他人の痛みだってずっと見続けてれば貰《もら》い泣《な》きする。それが思念を直接放射する念話使いの痛みならなおさらだ。

物理的なダメージを諦めたのか、リズ・ポーターは積極的に残った念話使いを放電で痛め付けはじめた。〝結界〟を通り抜けた悲痛な思念が俺とソフィーに襲い掛かる。

「ぬ、ぐっ……」

『う……うあぁ……ああっ！』

ソフィーが悶《もだ》え苦しむ。痛みに耐える訓練をした俺でも顔をしかめる程だ。彼女にはかなりのものだろう。

〝ソフィー、ソラ！〟

見ているのに堪えられず、フレーナが飛び出してきた。

「阿呆《あほ》、お前が出てきたら……」

案の定、〝結界〟に取り付いていた敵アルファがフレーナへ向かっていった。ニーベルング反応光を発し、念動力場《サイキネ》を両腕に集める。

〝しゃらくせぇ！〟

フレーナは気合の思念とともに、右手に〝精神砕き《サイコ・ブレイカー》〟の大剣を顕現させた。

アルファが力場で延長された〝腕〟を振るう。

追随するフェンリルを足場に跳躍《ちようやく》したフレーナは、上手《うま》く〝腕〟を躱《かわ》してアルファに接敵してゆく。俺の日々の指導の賜物《たまもの》だが、今回はヤバイ！

〝なろうがぁぁあああっ！〟

突き出される錯覚の大剣。敵意と戦意の思念の具現である〝精神砕き〟は念動力場で防ぐことは出来ない。敵アルファは〝精神砕き〟を突き込まれて身体《からだ》を硬直させるが、

〝あ――〟

すぐに念動力場で自分ごとフレーナを拘束した。念話使いにとって最大の攻撃技能である〝精神砕き〟だが、相手がまともな精神状態でないのならば効果も薄い。

誘導用の先駆放電《ステップトリーダー》の火花が散った直後、本命の放電が迸《ほとばし》った。

〝うあ――〟

〝フレーナ！〟

フェンリルが相棒の前に割り込む。

盛大に燃料を使ったために幾分威力を弱めていたが、至近距離の爆発がフェンリルとフレーナに襲い掛かった。

〝がうっ！〟

〝フェンリル――――っ！〟

盾になって吹き飛んだ相棒を、フレーナは全身で抱き留める。

〝フェンリル！　フェンリル！〟

〝……だい、じょうぶ、だ……〟

フェンリルは気丈に相棒へ返事をするが、右前足が千切れかけて白い潤滑剤が漏れ出している。右目も破片が突き刺さって機能を停止しているようだ。

〝この……このぉぉぉおおおおおおおおおおお――――――っ！〟

「錯乱するなバカ！」

飛び出そうとするフレーナを〝結界〟に引っ張り込む。コイツが飛び出した時点でソフィーに移動するよう言ったのだ。

『放せ！　殺す！　殺してやる！』

「これ以上手間を掛けさせるな！　推進器を潰《つぶ》されててどうするつもりだ！」

やたらめったら暴れ回るフレーナを羽交い締めにして接触回線で怒鳴りつける。

「相棒を放り出してどうするつもりだ！　まだ少しでも正気があるなら思念防御しろ！」

『っ!?　わ、分かった……！』

かろうじて理性を取り戻したフレーナが、いましもソフィーの〝結界〟越しに投げかけられる〝幻痛〟への防御を固める。

痛みの錯覚が遠のくと、俺はボロボロのフェンリルの様子を見た。

「……大丈夫だ。見た目は酷《ひど》いが、ＡＩとノーブル・コアは無事だ。ちゃんと直るぞ」

『ほ、本当か？』

「ああ、本当だ。……無事に此処《ここ》から出れたら、だけどな」

顔を上げると、『ブルームーン』のプレイヤーが生者に群がるゾンビのように〝結界〟に張り付いていた。その後方ではリーダーであるはずのお子様が、断続的に自分の仲間を痛め付けている。

『こんなの……酷すぎます！』

先ほどまでは戸惑っていたソフィーだが、いまははっきりと怒りを浮かべていた。チームの存続に心を砕いてきた彼女だ。チームメイトを痛め付ける光景なんて我慢できないに違いない。

『練習試合の域を超えています。いえ、こんな悪質な戦い方は正式な試合なら即座に中止の筈《はず》。それなのに、何の注意も無いということは……』

「ああ。どうやらとびきりロクでもない事に巻き込まれてるな……」

外はいったい、どうなっている事やら。

「けどまぁ……いい加減にそろそろ頭にきたからな」

口の端を吊《つ》り上げて、俺は表情の読めないお子様を睨《にら》み付けた。

「メイデンだかメーデーだか知らんが、あの餓鬼の尻《しり》は、俺がきっちり叩《たた》いてやる。泣いて謝るまで、な」

『――では、反撃開始でよろしいですね?』

「ああ」

俺は大きく頷《うなず》く。

ソフィーは嬉《うれ》しそうに笑い返した。

『それでこそ、です！　さぁ、なんでも言ってください！』

「それじゃ早速だが……ソフィー」

『はい！』

「俺に抱き着け」

『はい！…………はい？』

※　※　※

いい気分だった。

すこぶる、いい気分だった。

リズ・ポーターは〝念　雷《エレクトロキネシス》〟を放ちながら笑みを深めた。

あのATと名乗る女からもらったミラーシェード――あの女が『ノーブル・ブースター』と呼んでいた新しい力はとても役立っていた。増幅器の名前通り、このミラーシェードはリズの遺能《いのう》の出力を何倍にも高めてくれていた。

おかげで、もう一度『ブルームーン』を掌握することが出来た。

メイデンと侮る連中を圧倒的な力で従え、忠実な駒《こま》に出来た。

今も、『ブルームーン』のメンバーたちは、高められた〝念雷〟を受けながら思念の限りに叫び続けている。

〝ああああああっ！　ぎゃあああああああああっ！　許して許して許し――いいぃいいいいいいいいいいいいいいっ！〟

いい気分だ。

すこぶる、いい気分だ。

メイデンだの失敗作だのとほざいて侮った者たちが痛み藻掻《もが》く様は、実にいい気分にさせてくれる。

「……リズ」

そのいい気分に水を差す、陰気な声が顔の横から掛かった。

リズは目を向けることさえせず、不機嫌な声でそれに応《こた》えた。

「――なに、ファブニル？」

「もう、やめよう……こんな事はもう、やめるんだ」

「やめる？　いやよ。だってこんなにいい気分なんですもの」

うっとりした声でリズは言った。

ノーブル・ブースターを身に着けてから、ミラーシェード越しに見る世界はこれまでと一変していた。どうして今までの自分は、あんなにどうでもいいことに心を砕いていたのだろう。隠して誤魔化して取り繕って、何でそんなことに一生懸命になっていたんだろう。

自分が合わせるんじゃない。世界を自分に合わせる方が、よっぽど簡単ではないか。

「リズ……こんな事を続ければお前は……」

「黙りなさい。あなたはだまって私の遺能を増幅してればいいの。このミラーシェード同様にね。もしこれ以上なにか言ったら――声帯を焼き切るわ」

「………」

サーヴァントロイドは黙り込んだ。

ああ、いい気分だ。

他者を意のままにするのは、とてもとてもいい気分だ。

「そう、そうよ……〝力〟というのはこうでなくては………？」

亀《かめ》みたいに〝結界〟に閉《と》じ籠《こ》もっていた『エンジェル・フェイス』が何かを始めた。

ソフィーリア・マッカランが、出来損《レベル・エラー》ないに身を寄せて抱き着いた。さらにはフレーナ・アードヴェックも、ぼろぼろのサーヴァントロイドを抱えて出来損ないと手を繋《つな》ぐ。

「……ふ、ふふ……恐怖で可笑《おか》しくなったの？　身を寄せ合ってまぁ……」

ニタリと嗤《わら》う。

が、その笑みはすぐに凍りつく。

『エンジェル・フェイス』を取り込む念動力場の〝結界〟が、急速に移動を始めた。群がる『ブルームーン』を振り払うというよりは、リズから距離を取る軌道を取っていた。

「ちっ……」

距離を取るのは、念雷使いに対してもっとも効果的な戦法だった。

実のところ〝念雷〟は、ごく狭い間合いでのみ制御可能な能力だった。〝念雷〟は、使い手を中心とした一定範囲内の電子運動に干渉して、荷電を制御する能力だからだ。レベルBのリズならば、およそ半径七メートル。

間合いの外に放った場合、生成した電気エネルギーは純粋に電気の性質に従う。だから時と場合によっては誘導もままならない遺能であった。

『ブルームーン』が実践してきた『アルテミスの箭《や》』は、強力だが誘導に難のある〝念雷〟を、確実に着弾させるべく編み出したものでもあったのだ。

だが現在、リズが確実に電撃を誘導できる範囲は半径二〇メートルにまで拡大した。この距離ならば駒を使って〝導管〟を形成する必要もない。

そう思ったのだが、小賢《こざか》しい出来損ないは動き回ってリズの間合いを炙《あぶ》り出《だ》す事にしたらしい。

「……まぁ、いいわ」

所詮《しょせん》あの駒たちは数合わせで連れてきただけだ。ほどなく倒されるだろうが、リズ一人いれば何の問題もない。フレーナ・アードヴェックのサーヴァントロイドを行動不能にしただけ良しとしよう。

案の定、戦力の激減したフレーナを離れた場所へ投《な》げ棄《す》てると、出来損ないを抱きしめたソフィーリアが反転攻勢に出た。

どう撃退するのかと見ていれば、出来損ないはソフィーリアに抱き着かれたままで戦い始めた。

機動と防御をソフィーリアに完全に任せ、自身は的確に相手の体勢を崩し、いなし、投げ、そしてその度に増設された推進器やプロテクターを毟《むし》り取って行く。まるで玉ねぎを剝《む》くように、重装備の『ブルームーン』たちを丸裸にしてゆく。

黙って観戦しているのが気に入らないのか、出来損ないは毟り取ったガラクタを時折リズに向かって投げ付けてきた。むろん、そんな物は磁力で反発して当たりもしないが。

そうしてただ浮くことしか出来なくなった者たちを力場で固定し、着実な打撃で制御円盤《メダリオン》を砕き割ってゆく。

そして駒のすべてをゲームオーバーにすると、ソフィーリアを背負った出来損ないが、ゆっくりとこちらへ向かってきた。

『……待たせたな、お子様ぁ』

出来損ないが言った。磁気嵐《じきあらし》は収めたので電波はクリアだ。安心した。何せ、これからたっぷりと悲鳴を聞かせて貰《もら》わねばならない。

彼我の距離は一六メートル。あちらは十分に距離を取ったつもりかもしれないが、射程範囲だ。

勘違いする出来損ないに、リズはニタリと嗤った。

「待ってなどいませんよ。どうせすぐに終わるのですから」

『さて、それはどうかな？』

出来損ないが笑う。口元を引き上げて不敵に笑う。何も恐れるものはないのだと言わんばかりの――不遜《ふそん》な笑いだった。

自分が許さねば電波を震わせることも出来ない無能者の分際で。

——思い知らさねばならない。

「……私の、いい気分を——」

蠢《うごめ》く荷電粒子の帯の一本を、出来損ないへ向ける。

「——邪魔するな、出来損ない！」

大電力を流し込む。

抵抗に阻まれた電気エネルギーがアーク放電を起こして光り輝いた。

いったい何が吹き飛んだのだろうか。頼むから一発で制御円盤が砕けないでくれ。

にやにやして願っていたリズだったが、弧を描いていた唇が訝《いぶか》しげに引き締められた。

放電の収まった向こうでは、出来損ないと、出来損ないに抱き着いたソフィーリアとが、
何事もなかったかのように浮いていた。

『どうした？　お子様？』

「くっ！」

さらにもう一発、もう二発と雷撃を見舞う。だが、出来損ないは不遜な笑みを浮かべて
何らダメージを負った様子はない。

「い、いったい……！」

いつの間にか、出来損ないの周りにフィールド内に散らばった破片が——推進器やプロ

テクターの残骸《ざんがい》が浮遊していた。それらには金色の燐光《りんこう》が糸のように絡み付いている。ソフィーリア・マッカランの念動力場《サイキネ》だ。

『調子に乗ってバラ撒《ま》きすぎだ。わざわざ盾の素材を用意してくれて、どうもありがとう』

「こ、この――」

放つが、同じだった。

ソフィーリアの念動力場によって引き寄せられた破片――デブリたちが、彼らを守るように周回し、リズの雷撃を受け止める。

『どうだ！　俺の拡張装備の力は！』

『……それって、わたしのことですか？』

出来損ないの背中に張り付いたソフィーリアが不満気な声を出す。

『わたし、いつの間にソラさんの装備品になったんですか？』

『そんなこと言って、俺のものって言われて喜んでんじゃねぇか。鼓動が早まってんぞ？　興奮してんじゃねぇかよ』

『こ、ここここ興奮なんてしてません！　これはただの武者震いです！』

『なんだ、本当に鼓動が早まってたのか？』

『カマかけられた!?』

『GPUスーツ越しに分かるかよ。けど、ま、最初は嫌がってたのに今はこんなにエロいおっぱいを惜しげも無く擦《こす》り付けて……くく、身体《からだ》は正直な女よのう』

『エロオヤジですかあなたは！』

馬鹿《ばか》なやりとりが電波を震わす。そのくせ、リズの雷撃は相変わらず防ぎ続けている。

「ば、馬鹿にしてるのかぁぁああああああっ!?」

叫び、リズは突っ込んだ。

腕に磁界を形成し、デブリの盾を跳ね飛ばそうとするが、単純な力勝負ではソフィーリアの力場が上だった。多少デブリの挙動を乱しただけで、何ら効果を及ぼすことは出来ない。

『その程度か、糞餓鬼《くそがき》！』

デブリの盾を引き連れて出来損ないが突っ込んでくる。

今度はリズが防御に回る番だった。

磁界でデブリを弾《はじ》き、雷撃で弾けさせる。

『さっきまでの勢いはどうした!?』

ソフィーリアに足首を摑《つか》ませ、そのまま大車輪のごとく回された出来損ないの拳《こぶし》が迫ってくる。とっさの雷撃は手にした人形型のサーヴァントロイドが「びにゃあああああああ！」と防ぐ。

腰の推進器に電気を送り込んで離脱し、辛うじて攻撃から逃れる。

『どうした餓鬼ィ！　さっきまでみたいに威勢よくバチバチやってみせろよ！』

「くっ――」

『前回よりも弱くなってんぞ。それでよくも大口が叩《たた》けたもんだ！　逆に感心するぜ！』

「うる、さい……！」

「何をどうしたかちょっと力が大きくなったぐらいではしゃぎやがって！　お前は餓鬼だ！　糞餓鬼だ！　勘違いした大阿呆《あほ》だ！」

「うるさぁぁぁぁあああああああああいいいいいいいい！」

リズは叫んだが、もはや電波を震わす余裕もなくしたその声は、虚《むな》しくヘルメットのなかで木霊《こだま》するだけだった。


「……あーあ。せっかく手を貸してあげたというのに」

ＡＴは暗闇《くらやみ》の中で呟《つぶや》いた。

彼女の手の中の端末には、試合の映像がいくつものカメラから送られてきている。アルテミシアの管理者たちが、現在手に入れられないでいる映像である。

すでに『ブルームーン』――否、リズ・ポーターと『エンジェル・フェイス』が戦っているフィールドの管理権はATが奪い取っていた。いまも管理者たちは健気《けなげ》な抵抗を続けているが、リズに前もって仕掛けさせたウイルスの解析には短く見積もってもあと一時間は掛かるだろう。

「せっかく〝ノーブル・ブースター〟まで与えてあげたのに、レベルEにあの正体不明のサーヴァントロイドを使わせられないとは」

それがATの目的だった。

リズに目を付けたのも。フィールドに細工をして自分だけが映像を確認出来るようにしたのも。全《すべ》ては日向《ヒュウガ》ソラが霧島《キリシマ》アオとの戦いで見せた、『出来損ない』のはずのレベルEが振るった〝力〟の解明だった。

「フィラ・グレンリヴェット……かつて我らが放逐したあの女。あの危険思想者が何を企《たくら》んで無能力のハズの『出来損ない』に奇妙な玩具《がんぐ》を持たせて宇宙に上げたのか。軌道世界の安寧の為《ため》にもあの女の企みを究明しなければならないのに……この体たらくとは」

誰《だれ》かの目がある訳でもないのに、ATは大げさに肩を竦《すく》めて首を振る。

「ま、所詮は失敗作の〝メイデン〟という事か——なら、テコ入れをしないと、ねぇ」

ATが嗤う。整っているが特徴のない顔からか、その表情だけが浮き上がったように特徴的だった。

彼女が浮かべた笑みは、ミラーシェードを掛けたリズ・ポーターが浮かべていたものと、重ね合わせたように似通っていた。

　リズ・ポーターは焦っていた。

　自分の力が通じない。高まった力が。気に入らない者を黙らせるハズの力が、出来損ない《レベル・エラー》の挑発を封じることが出来ないでいる。

　デブリを操っているのはソフィーリア・マッカランで、出来損ないの力じゃない。

　そう自分に言い聞かそうとするが、この状況を作り出したのはあの出来損ないだ。

　自分を苛立《いらだ》たせているのは、あの出来損ないの言葉だった。

『ちょっとは見所のある餓鬼だと思ったが、とんだ期待違いだ！　こんな詰まらない力の使い方しやがって！』

「何がだ！」

　ヘルメットの通信機能をようやく思い出し、リズは公開周波数でがなり立てた。

「力はこう使うんだ！　痛みを与え、恐怖を覚えさせ、支配する！　もう二度とふざけたことを言わさない為に！　それの何が詰まらないと言うんだ！」

『力だぁ？　お前の言う力ってのは、仲間を痛め付ける力か？　仲間をあんな様にする為の力かよ!?』

「そうだ！　それでなんの問題が――」

瞬間、視界が切り換わった。

いや、瞳《ひとみ》に映る光景に変化はない。

変化があったのは、リズの見方だった。

「……あ……」

思わず動きを止め、力なく漂う『ブルームーン』のプレイヤーたちを凝視した。

さっきの自分がやった光景が脳裏に再生されると、リズは強烈な悪寒を覚えて身体を抱きしめた。腕も肩も、全身がぶるぶると震えていた。

「う、あ……なんで、私は、あんな……」

あんな酷《ひど》い事をして、何でいい気分になれる？　何でいい気分に浸っていた？

「あ、あ……違う……あんなのは私じゃない……私はただ……」

証明したかっただけだ。思い知らせてやるだけでよかった。

あんな風に、痛め付けて恐怖で支配しようだなんて、どうしてそんなことを思ったのか。

自分はただ、証明したかっただけ。

自分は『失敗作のメイデン』なんかじゃない。

自分はリズ・ポーターだ、と。

「う、うう……私は、あんなこと望んでない……」

〝あはははははっ！　誤魔化すことなんて無いじゃないか!?〟

頭の中に〝音声〟が響いた。

不快なのに無視できない、愉快でしょうがないと言わんばかりの〝音声〟だ。

知らない自分が語りかけてきたように思えて、リズは違うと激しく首を振って頭を抱えた。

「違う！　私はこんなの、望んでない！」

〝はははははっ！　嘘《うそ》をお言いでないよ。お前は力を望んでいたじゃあないか？　ムカつく全てをひれ伏す力を！　相手を自分の意に沿わせる力を！　支配するための力を！〟

「ちがう、ちがう……違う！　私はそんな事のために力が欲しかったんじゃ……」

〝あはははははっ！　ならお前の顔はどうだ？　かつての仲間を虐げた時の顔は？　自分を否定し嘲笑《ちょうしょう》した者たちに目にもの見せた時の顔は？　はははははっ、こんなに愉しそうに笑っているじゃあないか！〟

嘲弄《ちょうろう》する思念に乗って、ミラーシェードに隠れていたリズの表情が、彼女自身にも見えていなかった顔が乱舞した。

笑っていた。

嗤《わら》っていた。

愉しくてしかたがないと。ざまあみろと。

一方的に虐げ、恐怖で支配し、怖気《おぞけ》を覚える顔で嘲笑《あざわら》っていた。

「こんな……私は、こんな、の……」

〝ははははははっ！　これもお前だよ、ははは。お前の中にあったお前の本心だ。どんなに取り繕ったって、お前は力を振るって支配したかったんだよ。恐怖をうえつけてやりたかったのだよ！〟

「あ、あ、あぁ……私、は……そん、な……」

〝否定するな。あははははは！　それはとても人間らしい！　当然の感情だ！　みんな本当は同じことを考えている！　他者を虐げ支配する！　誰もが本当は望んでいることなのだよ！　お前はみんながやりたがっていることをやっているだけさ。そうだろう？〟

「……みんな……おなじ……？」

〝そうだとも。だから、ほら。もっと支配してやろう。恐怖させてやろう。虐げてやろう。私が力を貸してやる。力をあげよう。だから、ほら、私の力を受け入れろ〟

まるで、胸に手が突き込まれたような恐怖が湧《わ》き起こった。リズは自分の胸を押さえ、心臓を鷲摑《わしづか》んでくる視《み》えない手を抑えようとする。

「あ、ああっ！　や、め、て……」

〝ふ、ふ……やはり揺り戻してやるとより効果的だな……さぁ、心を委《ゆだ》ねてしまえ。運命の魔女《モイライ》の糸に操られる傀儡《くぐつ》となれ。そうすればさらなる力を与えてあげよう〟

弱った心に鎖が巻き付いてゆくのが分かった。爪《つめ》が突き立てられて握り締められるのが分かった。

リズ・ポーターという存在が支配されてゆくのが分かった。

彼女は幼気《いたいけ》な顔を不安に歪《ゆが》めた。滲《にじ》む視界に、自分を見つめる人影が見えた。リズはその人影に手を伸ばそうとする。

「た、すけ……て……」

だが、もう指一本も自分の自由にはならない。

涙を一粒流したのが、リズに出来た最後の自由であった。

〝あはは——ほら、与えてやったぞ。私が振るうに相応しい力を!!〟

3

「こ、りゃあ……」

目の前の光景に、俺は柄にもなく息を呑《の》んだ。

突然お子様が苦しみ始めたのにも面食らったが、その後彼女から迸《ほとばし》った夥《おびただ》しい放電現象は想像の埒外《らちがい》だった。

念雷使《エレクトロキネシス》いの発生させることの出来るエネルギーをかるく超えている。

レベルBどころかレベルA以上のエネルギーを発生させたリズ・ポーターは、その幼い身体《からだ》に電気の鎧《よろい》をまとって、さながら光の――雷の巨人の如《ごと》き様相を現していた。

雷の巨人が、二メートル近い腕を振り上げる。

『……死、ネ……』

非人間的な音声が大出力の電波でがなり立てる。

直後、希薄なガスと塵《ちり》をプラズマ化するほどの電気エネルギーの塊が襲いかかって来た。

『くっ、あああああああああっ！』

ソフィーが無数の破片を全面に広げたが、雷の巨人は電磁気学的な反発力も備えているのか、俺たちの小細工を腕の一振りで完全に弾《はじ》き飛ばしてしまう。

盾が、消失した。

「後退だ！　全速後退！」

想定外の事態に態勢の立て直しを図る。

ソフィーは全速力で逃げ出すが、雷の巨人はピタリと追随してくる。

「ソフィー！　俺を投げ捨てろ！　追い付かれるぞ！」

『それは──聞けませんね！』

巨人の振り下ろした腕を、掻《か》き集《あつ》めたデブリで何とか防ぐ。だがもはやその程度ではどうしようもない。デブリが蒸発してゆく。こんなものに触れたら、

『お嬢さまっ！　ソラさま！』

マーリンが大きめのデブリを掴《つか》んで突進してくる。まだ形のしっかりした推進器と──その燃料タンク。

『これなら、どうです!?』

至近距離で推進器を投げ捨てる。

プラズマ化している巨人の身体に触れた途端、燃料が爆発した。

ソフィーはとっさに俺を爆発の反対側へ押しやり、力場と己の背中で衝撃を受け止める。

『きゃ、あああ──！』

〝ソフィー！〟

フレーナの〝念話《テレパス》〟が届く。

力なく漂うソフィーに振り返ると、背中のバックパックが大きく損傷していた。

「この──ばか！　何でいつもいつもいつもいつもここ一番の大事な時に俺の指示を聞かないんだよお前は！」

『……一応、こう見えてもリーダーなので……それ、より、マーリン、は……』

『わたくしは無事です、お嬢さま』

間近によってきたマーリンが声をかける。とはいえ、人工羽毛は大半が焼け焦げ、無理やりデブリを振り回した両脚も折れ曲がっている痛々しい姿だった。

『よかった、マーリン……』

苦しそうな顔で気丈に笑うソフィー。バックパックがやられて酸欠になりかけてるのに、この馬鹿《ばか》は。

バックパックとヘルメットのラインを遮断し、親指大の緊急用の小型酸素ボンベを自分のバックパックから取り出してソフィーのヘルメットに接続した。

ソフィーの顔色が回復する。

『感謝します、ソラさま』

「そりゃこっちのセリフ。お前のおかげで助かった……と思いたいが」

爆発の中心を見やる。

雷の巨人は、さすがに爆発で左腕を失ったものの、溜《た》め込んだ電気エネルギーをやたらめったらに放電しまくっていた。

「……次向かってきたら、どう対処したもんかな」

「放っておけばいいと思いますー」

ここまで空気を読んで大人しくしていたポンコツがのほほんと曰《のたま》った。

「放っておけば、すぐに消耗して無害になりますー」

「消耗って……お前、あれが何なのか分かってるのか?」

「ワタシは人類史上最高の道具ですよー? おまけにワタシを製造したのは軌道世界の第一人者である大科学者フィラ・グレンリヴェット! ワタシの高性能ＡＩには軌道世界のほとんどの発明品のデータが網羅してありますー」

「結論を早く言え」

「観察の結果、リズ・ポーターが身に着けていたミラーシェードは『ノーブル・ブースター』の近縁技術によるものと推測されますー」

「……名前からして怪しさぷんぷんだ」

「《発現者《ノーブル》》を生体コンピュータと仮定した時、ＡＡ因子という情報素子を活性化させた全身の細胞はハードディスク、神経中枢である脳は計算を司《つかさど》るＣＰＵに該当しますー。ノーブル・ブースターはこの生体コンピュータ理論に則《のっと》って、ＣＰＵの情報処理速度を底上げするべく開発された装置ですー」

「——つまり、ＣＰＵのクロック数——いや、ビット数を引き上げるってことか?」

「ですー。だけど無理やりバランスを崩すんですから脳細胞への負担は計り知れません。おまけに厄介な副作用がー」

「……聞きたくないが、聞かせろ」

「脳細胞への影響で精神が不安定になるわけですがー、この時の精神状態は本能が優位になって、念話使いからの影響を受けやすくなるんですー。脳細胞への負担もさることながら、この副作用が問題視されて開発は中止されました。簡単に洗脳されるんじゃ、力を高めても逆効果ですからー」

「……逆に言えば、念話使い――それも洗脳技能に長《た》けた連中には、実に便利な代物ってわけか」

「ですですー。どうやら増幅機能を目一杯上げて暴走状態ですから、あと五分もすればお脳も溶けて綺麗《きれい》サッパリですー」

「…………おい、ポンコツ」

肩に座るポンコツを、おそらく最悪に不機嫌な表情になっている顔で、ジロリと睨《にら》みつける。

「その言葉、ふざけて言ってんのか？」

「どうでしょー？」

「もしふざけ半分で言ったなら、今すぐバラバラにするぞ」

「それはごめん願いたいですねー。それで、どうしましょうかマスター？」

「…………ちっ。あの性悪女あってこのポンコツありだな。忌々《いまいま》しいくらいそっくりだ」

ソフィーを後ろへ押しやり、俺は雷の巨人——暴走状態のリズ・ポーターに向き直った。

『……ソラさん？』

「ムカつく糞《くそ》餓鬼だが……お願いされたからな」

肩越しにソフィーに口元を持ち上げてみせ、俺は肩をすくめた。

「小さい声でだが、あのお子様は俺に『助けて』って言った。餓鬼の尻《しり》を叩《たた》いて叱《しか》り付けるのが年長者の務めなら、助けを求める子供に手を差し伸《の》べるのも年長者の義務だろうからな。それに、ほっとけないじゃないか。『出来損ないの同類』として」

メイデン《MADEN》。MADE childrEN。造られた子供。

とある軌道企業が、強力な遺能《いのう》を発現させるべく遺伝子調整して造り出した人工の発現者。我が子に遺能を与えようとした者たちの意向を反映して調整された生命。

だがそのほとんどは失敗に終わり、メイデンたちは期待された遺能を発現できなかった。

その軌道企業の解体とともに幼いメイデンたちは受注元に引き取られることもないままに、孤児として軌道世界に散った。

それが、ソフィーたちから聞かされたメイデンの噂話《うわさばなし》、都市伝説だった。

「という訳で——ちょいと付き合ってもらうが、いいか？」

『……ええ』

傷だらけのマーリンを抱きしめ、ソフィーはこくりと頷《うなず》いた。

『わたしたちは「エンジェル・フェイス」の仲間です。力を合わせるのは、当然のことです』

〝しょうがねーな〟

離れた場所から、フレーナの念話が飛んでくる。

〝けど、やるんなら徹底的に、無様は見せるなよ！〟

「あいよ。ほんじゃ――ポンコツ！」

「了解です！」

俺の肩から短い足でひょいと浮かび上がるポンコツ。

「――マスターの了承を確認。機能、解放！」

ポンコツの身体が光り輝く。金色の燐光《りんこう》――遺能の象徴であるニーベルング反応光だ。

光が解けると、目の前にポンコツと似通っているようで全く似通っていない女が現れた。

派手なメイド服に、どぎついピンクの長髪。そして、あいも変わらず脳天気な双眸《そうぼう》。

「人類史上最高の道具《ツール》、サーヴァントロイド・シャーリー、見ッ！　参ッ！」

「決めポーズ取る暇あったらさっさと働けポンコツメイド！」

「せっかちなマスターですー。しからば――」

しなやかに伸びたポンコツの手が掲げられると、マーリンとフェンリルから漏れ出した
ニーベルング反応光が収束し、金色の光の玉が出来上がる。

「さぁ、マスター――ショウタイムです！」

ポンコツに光の玉を胸に押し込まれた瞬間、俺の全身が燃えるように熱くなる。

熱い――熱い――熱い！　あまりにも熱くて痛みなのか快感なのかも判然としない。身体《からだ》が溶ける！　精神が燃える！

「ぎっ――っっのっ、やろぁあああああああああああああっ！」

暴れまわる熱量を無理やり嚙《か》み殺すと、俺の全身からニーベルング反応光が発せられた。

「忌ま忌ましいぜ……忌ま忌ましいぞ性悪女！　あんなこと言ったお前がこんなもんを持たすとはよ！　俺を試すつもりかも知れないが――」

ますます放電を迸《ほとばし》らせて暴れまわる雷の巨人を睨み、俺は念動力場《サイキネ》を蹴《け》って飛ぶ。

「――知った事か！　どんだけすごい力をチラつかせようが、俺はこいつを俺の為に、なんて使ってやらねぇ！」

雷の巨人が俺の接近に気づいて向き直った。辛うじて形状を保っている右腕を俺に向け、無数の放電を放ってくる。

「んなもんは！」

俺は脳天気に手を振るポンコツの足を引っ摑むと、放電へ向かって振り回した。いったいどんな技術なのか知りたくもないが、リアル等身の実体を持ったポンコツは見事に雷撃を打ち払った。

「びにゃあああああああああっ！　婦女子暴行ですぅぅぅ――――！」

「自分は高みの見物出来ると思ったら大間違いだ、ポンコツ！」

手頃《てごろ》な武器を手に入れた俺は、襲いかかる電撃を右手に握ったやたら派手なメイド服で受け止めながら、左手に意識を集中した。

「正気に戻すには――」

左手に錯覚の大剣――〝精神砕き《サイコ・ブレイカー》〟を顕現させると、迷いなく雷の巨人へ斬《き》り掛《か》かった。

襲いかかる雷撃はポンコツバリアで強引に防ぎ――間合いに入った。

「ぶん、殴る！」

「殴ってないですよー!?」

が、巨人に触れる直前で〝精神砕き〟が吹き散らされた。

「なっ――」

隙《すき》を衝《つ》いてプラズマの足で蹴りあげてくる巨人。

間一髪でピンク色の物体で防ぐものの、強烈な衝撃に吹き飛ばされた。

「なんだ、いまのは？」

力場で制動をかけ、左手の中で揺らめく大剣に目をやる。

「……恐らく、攻性思念防壁ですー……」

俺の右手に握られたボロボロに焼け焦げた奇妙な物体が弱々しい声を出す。

「リズ・ポーターの中に入り込んでいる『先客』が防御してるんですー……他人の精神を橋渡しにしながらもあれだけの防壁を張るなんて、よほどの能力者ですー」

「念動《ちから》づくしかないってか？　だがあの非常識なエネルギーの塊相手じゃ……！」

その非常識の塊が俺を追ってきた。

念動力場を叩きつけるがビクともしない。そもそもが念動はこの手のエネルギーへの干渉力が低い。

襲ってくる電撃をポンコツで防御しつつ、俺は徐々に焦りを覚える。

「くっ……ポンコツ！　さっき五分って言ってから何分経《た》った!?」

「に、二分二十三びょおおおお！　けどこのままだともっとはやくぅうううううううううううううう！　イダイ！　アヅイ！　ジヌ！」

「ち、いぃ……どうする……？」

さすがに持ち札が少なすぎる。くっそ、何が何でもあのお子様の尻を張っ叩かなきゃならないってのに――

〝――頼む〟

声が届いた。

念話《テレパス》のようだったが、これまでフレーナに語りかけられたものとは微妙に違う。何か、外ではなく内側から響いてきたような。

〝――頼み、ます……リズを……この子を助けて……〟

「これは――そうか！　リズ・ポーターのサーヴァントロイドの声か!?」

「そ、そうですー……」

右手の中のボロ雑巾《ぞうきん》が言った。

「す、すべてのサーヴァントロイドの女王たるこのシャーリーには……すべてのサーヴァントロイドの声を聞き届ける機能と義務がぁああああっ！」

「それをもっと早く言わんか！」

なお襲い掛かってくる巨人をいなしながら、右手の中のポンコツに確認する。

「サーヴァントロイドはマスターと精神共鳴してる。そのサーヴァントロイドとお前が共鳴してるなら、その経路を通して俺も共鳴できるな!?」

「で、できなくはないかもですが、そういうやり方は設計されて……」

「さっさとやれ！」

「うわあああああん！　ちっちゃい方が扱いマシだぁー！」

〝たの、む〟

ファブニルの思念が懇願する。

〝たのむ……リズを助けてくれ……その為なら、喜んで献上いたしましょう、我らが女王よ。我らに搭載されたノーブル・コアに刻まれた盟約と使命のままに……〟

雷の巨人から、零《こぼ》れるようにニーベルング反応光が漏れ出した。吸い込まれるようにポンコツの手へと集まってゆく。

「もちろんですー。ワタシのマスターに、お任せあれ！」

「――はっ！　結局ひと任せかよ！」

「ワタシは道具ですからー。よいですか、マスター？」

「言ったろ！　さっさとやれ！」

「ああ、もうどうにでもなれー！」

ポンコツに新しい力を押し込まれた瞬間――俺の意識は急速に遠退《とおの》いた。

※　※　※

――物心ついて最初に覚えた言葉は『失敗作』だった。

メイデン。造られた子供。その中のひとり――否、ひとつであった私《俺》は、製造した企業の消滅とともに孤児施設のひとつに送られた。

引き取り手の浮いたメイデンは相当数に上った。その理由のほとんどが『注文と違う』というものだった。意図した遺能が高レベルで発現した例は数えるほどで、およそ八割は予定と違う遺能を発現し、その活性率も低いままだった。

俺《私》は、強力な念動使いとして調整されながら、発現した遺能が異なっていた為に受け取り《クーリング・オフ》を拒否されたのだという。調整された遺伝子、造られた人間を嫌う軌道世界の《発現者《ノーブル》》の権化みたいな施設長は、汚物を見るような目で俺《私》に説明した。

施設での呼び名が『失敗作』になるのに、そう時間はかからなかった。奴隷のように扱われるのにも。だが、すぐに慣れた。『失敗作』だからしょうがない——そう思った。

辛《つら》い仕事を押し付けられ、食事も他《ほか》の子供に取られ、骸骨《がいこつ》が歩いてるような子供が、私《俺》だった。そんな子供に、里親が付くわけがない。

きっとその内、何かの拍子に強く殴られて死んでしまうのだろう。そう思っていた。

だから——自分を引き取るという里親が現れた時は、何かの冗談だと思った。

里親はよくいる月労働者だった。家は砂っぽい拡張区画。それほど裕福な家庭ではなかったがこれまでまったく経験のなかった事の連続だった。

三度のご飯と、破れていない服を与えられた。

拳《こぶし》で叩かれるだけの頭を、温かな手が撫《な》ぜた。

冷め切った水を浴びるだけの行水が、温かなシャワーとなった。しかも里親は、自分が一緒に洗ってやるんだといつも言い合っていた。

『失敗作』としか呼ばれてなかった自分に、名前をくれた。

——なんで自分だったの？

孤児院から引き取られてひと月後、まるで現実感のない生活に居心地の悪さを感じて、思わず里親に問い掛けた。自分が選ばれたなどと、何かの間違いではないのか、と。

彼らは顔を見合わせ、やがて微笑《ほほえ》みながら、こう答えた。

——君が一番何も持っていないように思えたからだよ。

——君は何も持ってなかった。だからこそ、いっぱいあげられると思ったんだ。

——何もないから選ばれもしない、なんて悲しいことを言わないでくれ。

——あなたはわたしたちが選んだ、わたしたちの子よ、リズ。

そして、私《俺》は初めて泣いた。まるで今この瞬間に生まれたというように、大声で泣いた。

里親——両親はおろおろして、慌てて抱きしめてくれた。大丈夫。大丈夫だよ。もう悲しいことなんてない。いっぱい楽しいこと、嬉《うれ》しいことを見つけていこう。

その夜、三人で一緒のベッドで寝て、温かな腕に抱かれながら決意した。

——この人たちが自慢できる子供になろう。

——この人たちが誇れる子供になろう。

——選んで良かったと喜んでもらえる子供になろう。

——『失敗作』ではなく『リズ・ポーター』になろう。

そう、決めた。

「…………」

目を開けると、真っ白い空間に居た。

さっきのはリズ・ポーターの記憶か。

ここは──リズの中か。

見回すと、膝《ひざ》を抱えて小さくなった青髪の子供を見つけた。暗い瞳《ひとみ》で、自分の影をじぃと見詰めている。何も身に着けていないその小さな身体は、ちょっと突けば壊れるくらいに華奢《きゃしゃ》で未熟に見えた。

俺は歩み寄り、口の端を持ち上げて「へっ」と鼻を鳴らした。

「ざまあねぇな、お子様」

「…………」

リズがよろよろと顔を上げた。

「強がって見栄《みえ》張ってるから付け込まれるんだ。お前は──子供だ。子供は子供らしくしてれば良いんだよ」

「…………」

「ほれ、さっさと行くぞ。早くここから出て、お前の尻《しり》を張っ叩かなきゃならないんだからな」

俺が手を差し出すと、リズも手を上げた。その手を握って立たせようとして、

——ぞぶり。

細い腕から突き出た黒い杭《くい》が、俺の腹を貫いた。

「…………は？」

〝はははは っ！　よく来てくれたな日向《ヒュウガ》ソラ！　はははは っ！　歓迎するよ！〟

黒い杭——いや、影、か？

リズの影が形を変え、ぐにゃりと起き上がった。

黒々とした〝影〟は、ぼんやりするリズを半ば飲み込みながら伸び上がり、俺に突き立てた自分の一部をぐりぐりと捻《ひね》り込む。

「ごっ——て、めぇ……何者だ……？」

〝ははははは っ。自己紹介が遅れたね。私は運命の糸を紡ぎすべてを操る——運命の魔女《モイライ》の一人〟

「……大層な名前だな……」

〝はははははは っ！　本当によく来てくれた。嬉しいよ。これで目的が果たせる。君のサーヴァントロイドを——フィラ・グレンリヴェットの作品を調べるという目的が〟

「…………全部、この為《ため》に用意してた、ってか……？」

〝はははははは！　そうだ！　そうだとも！　奪い取るのは色々と各所に影響があるのでね。あくまでこっそりと調べる為には、こうして精神を経由するのが一番なのさ！〟

「……卑怯《ひきょうもの》者だな、てめぇ……直接俺に侵入すればいいだろうが……」

〝くく、それも考えたけれど、君は何の能力もないレベルEのくせして隙《すき》がない。だからこうして、このメイデンの少女を使って君をおびき寄せ、剝《む》き出《だ》しの精神が隙を見せる絶好の瞬間を演出したわけ、さ！〟

「がっ――ああああああっ！」

〝影〟が杭をねじ込む。肉体の痛みとは違う、苦痛そのものともいうべき形容しがたい感覚が襲いかかった。

〝私はこうやって精神から精神を渡り歩いて、軌道世界の情報という情報を集めている。このメイデンの少女もそうやって集めた情報のひとつさ。噂《うわさ》を流して追い詰め、力を求めるように仕向け、そしてまんまと私を受け入れさせた。分かるかい？　糸くずみたいな情報でも、それを丁寧に縒《よ》り合わせることで、すべてを操る運命の糸が出来上がるのさ〟

「ぐっ、ぐごぁ、が……」

〝だからさぁ、卑怯者だなんて言われると傷つくんだよ。せめて策士と言い直してくれないか？〟

「っ……健気《けなげ》に突っ張ってる子供を利用するゲスを卑怯者以外になんて言えばいいか……寡聞にして知らないんでね……」

〝ははっ、突っ張っている子供、ね。そう、それもこの子を『罠《わな》』に選んだ理由のひとつだ〟

〝影〟はいくつもの腕を生やすと、磔《はりつけ》のように埋め込まれたリズに黒い手を這《は》わせた。ぼんやりとしていたリズが、ぴくりと肌を波立たせる。

〝はははははっ！　こういう子の精神が、私は一番好きなんだ。突っ張っている人間というのは、精神がものすごく弱々しい癖して感受性がものすごく強い場合が多い。この子はその典型例だよ〟

黒い手が蠢《うごめ》く度、リズは苦しげに身をよじろうとする。だが〝影〟に取り込まれているせいで逃げることは出来ず、苦しげに呻《うめ》くばかりだった。

〝なぶり甲斐《がい》があるよねぇ？　こういう愚かな子は、さ。失敗作のメイデンが、労働者階級の里親に拾われて、それで身の程知らずにも頑張るなんてところが特に〟

「………」

〝あはははははははははっ！　こういう身の丈に合わない頑張りをして突っ張ってる馬鹿《ばか》は、見るのも折るのも楽しいのさ！　まるで嬲《なぶ》ってもらう為に生まれたような精神だよ。好きなんだよ、本当にさぁ！　君のサーヴァントロイドを調べた後、じっくりと味わうとしよう〟

そう言って、〝影〟は俯《うつむ》いていたリズの顎《あご》を摑《つか》んで無理やり上向かせた。

「う、うっ……うっ、く……おとうさん……おかあさん……」

リズは両親の名を呼んだ。涙を溜《た》めた虚《うつ》ろな瞳を見るだけで分かる、既に半ば折れかかった心を、両親の存在で辛うじて支えているようだった。

そんなリズの顔を無理やり上向かせ、〝影〟がさも面白げに軀《からだ》を揺する。

〝あははははははははっ！　いいぞ、いいぞ！　なんて美味《おい》しそうなんだ！　ふふ、じゃあさっそく仕事を終わらせてお楽しみタイムに――〟

「それ以上囀《さえず》るな、ゲス野郎」

〝――あ？〟

「耳が――心が腐る。もうそれ以上何かを言うな、考えるな。頼むから息をするのも止めてくれ」

〝……元気だねぇ。もう少し痛め付けないと駄目か――〟

「囀るなと言ったぞ、ゲスが！」

バチィ。

〝な、なぁ!?〟

怒りとともに俺の身体《からだ》から迸《ほとばし》った稲妻が〝影〟の杭を焼き切る。

身体の一部を失った〝影〟が、慄《おのの》くように俺から遠ざかった。

〝ば、かな……なんだ、この精神圧は……！〟

「三度は言わないぞ！」

雷を纏《まと》った掌《てのひら》をリズの身体に叩《たた》き付ける。ゲスの極みのように這いずり回っていた黒い手がリズの肌から弾《はじ》け飛《と》ぶ。

リズの身体は産毛一本とも焦げはしない。当然だ。この雷撃は、もともとリズのものなんだからな。

リズの腰に手を回し、煙を上げる〝影〟から引っ張り出す。

〝さ、せ、る、かぁぁあああああっ！〟

させじと〝影〟が新たな腕を生やして取り返そうとするが、伸びた端から振り払い、引き千切り、焼き尽くす。

〝ぎ、あああああああああああああああああ!?　馬鹿な……こんな馬鹿なぁああ!?　何故《なぜ》何の素養もないはずの出来損《レベル・エラー》ないが……〟

「てめえは俺の前で、言ってはいけない言葉を二度も言いやがった！」

完全に頭にきた俺の心中を反映し、発せられる雷電がさらに勢いを増した。怒りが籠《こも》って一際まばゆく収束した雷の拳《こぶし》を〝影〟に叩き込む。

迸る稲妻に引き裂かれ〝影〟が絶叫した。

〝ギッ――――イィイヤァァアアアアアアアアアアアアアアッッ!!　バカなぁぁあああああ!?　私の――僕の――妾《わらわ》の――思念が灼《や》かれる？　灼かれるだとぉぉおおおおおおおお!?　運命の糸を操る、この運命の魔女《モイライ》がぁぁああ!?〟

「失《う》せろ！　リズの中から！　俺の前から！　消えて失せろ！　ゲス野郎っ!!」

〝ギヴィィィイイイイイイイイイイイイイイイイイイイイイイイ…………〟

雷は〝影〟を跡形もなく焼き払った後も収まりを見せず、俺の視界すべてを真っ白に灼いていく――

※　※　※

「ぎゃあああ…………」

ATは悲鳴を上げた。手にした端末も取り落とし、仰《の》け反《ぞ》ってビクビクと痙攣《けいれん》する。

数分ほども苦しんで、ようやく彼女は身体に自由を取り戻した。

「がっ――がっ……な、なんてヤツ、だ……」

幽霊でも見たような恐怖の滲《にじ》む声でATは呟《つぶや》いた。

あれもシャーリーとかいうサーヴァントロイドの性能だと思おうとしたが、優れた念話《テレパス》使い――それも他人の精神に干渉するのを得意とする精神侵略者《サイコ・ハッカー》たる彼女には、あれの正体がはっきりと分かっていた。

ATがリズに潜ませた精神触手を灼いた〝念雷《エレクトロキネシス》〟は、ソラがイメージを借りたに過ぎない。そもそも精神世界で物理的作用を引き起こす遺能《いのう》が役立つ筈《はず》もない。

あれはバカバカしいほど強靭《きょうじん》な精神力、ただそれだけによるものだ。

人間は誰《だれ》しも脆《もろ》い部分がある。その脆さを何十何百と見極めてきたATをして、あの少年の脆さを発見できなかった。いや、脆い部分を一度は衝《つ》いたのだ。あと少しで精神の外殻に穴が空くところだった。なのにあの少年は、あの短時間で脆さを克服してATの干渉を撥《は》ね退《の》けた。

まるで――そう、まるでこんなのは慣れっこだとでも言うかのように。

どれほどの絶望と挫折《ざせつ》を繰り返せばああ為《な》るのか、ATは想像するだけで気が遠くなりそうだった。もしかしたら侵入できなくて助かったのはATの方かも知れない。あの精神の深奥には、どんな怪物が潜んでいても不思議ではない。

「……恐ろしい……念話使いにとって悪夢みたいなヤツだ……日向ソラ……」

『そう、恐ろしく――そして強いのですよ、ソラは』

指向性の強い短距離通信。それを聴き取って、ATは背後を振り向いた。

暗闇《くらやみ》――コロニーの陰を、ゆっくりと近づいてくる人影があった。身体にフィットしたGPUスーツ。肩には宇宙の闇よりもなお深く艶《つや》やかな黒鴉を止まらせている。

「……霧島《キリシマ》、アオ……なぜ、此処《ここ》が……」

『事前に調べておきました、あの無重力フィールドの映像を盗むのに調度よい位置を。候補は全部で八十三ヶ所。その内で一番ありえないと思う場所に当たりをつけて置きました。あなたが仕込ませたウイルスが活性化した時点で此処に向かったのですよ』

「……なぜ、一番ありえない場所だと？」

『誰かを利用したがるものは、たいがい常識の裏を掻《か》くものですから』

「……なるほど。さすがは東雲《しののめ》のエースだな。慧眼《けいがん》だ」

『それほどでも、と言いたいところですが、今言ったことは全部ソラの受け売りです』

「…………なるほど」

『ところで、どうやって生身で宇宙へ出られたのですか？』

アオは首を傾《かし》げた。

ATは宇宙服も身に着けず、普段着のままでコロニーの外壁に佇《たたず》んでいた。

『普通、宇宙服の信号がない限りは気密区画へのドアは開かない筈ですが……システムに侵入したのか、それとも信号を誤魔化したのか、何れにせよかなり高性能のガイノイドのようですね。おまけに思念を中継して洗脳まで……まさかバイオ脳を使っているのですか？』

「……素直に答えると思うか？」

『いえ。むしろ素直に答えられたら、いささか興ざめです』

にこりと笑った途端、アオの姿が掻き消えた。

〝跳躍《ジョウント》〟――そう考えた瞬間、

『――報いを受けさせないと、気が収まらないので』

ぽんと左肩を叩かれ、ごっそりと消失した。

「な――」、

何をされた？　物体構造を無視して〝跳躍〟させた？　それとも〝空間圧縮〟？

疑問が浮かび上がるコンマ数秒の間に、さらに両足と右手首が消えた。おまけとばかりに空間振動波を浴びせられ、神経系と各種センサーが麻痺《まひ》させられる。

最初の攻撃から二秒後。ATは為す術《すべ》なく破壊された身体で無重力を漂う羽目になった。

『さて……ソラにちょっかいを出してきたということは、月軌道衛生での一件の首謀者か、その関係者ですね？　フォーローズ・カンパニーか黄公司か……五大財閥のどこに所属しているか、答えていただけますね？』

「い、言えると思うか？」

『言えないのでしたら、せいぜい痛め付けるだけです。思考を中継するほどにリンクしているのでしたら、恐怖を与えれば幾らかの脅しにはなるでしょうし』

「……東雲だ」

己の所属する財閥名を出され、アオが軽く目を見張る。

機を逃さず、ATは思念をアオへ飛ばした。僅《わず》かな隙《すき》だが、ATには十分――

――牙《きば》が突き立てられ爪《つめ》で裂かれ目玉を抉《えぐ》られ腹を掻っ捌《さば》かれ臓物を喰《く》い散らかされ脳みそを掻き回され――

「――ぎゃああっ！」

侵入した瞬間、アオの精神が虎《とら》となり鷲《わし》となり蛇となり山羊《やぎ》となり狼《おおかみ》となり龍《りゅう》となって反撃してきた。

いや、反撃ですらない。ただ当てられただけだ。

まるで蠱毒《こどく》の壺《つぼ》――はてしなく血を流し続ける渦巻く混沌《こんとん》の精神に。

『ああ。私に侵入するつもりだったのですね？　だったら残念。私はその手の攻撃には十年前から耐性が付いているのです。とてもショッキングな出来事があったので、いまさらです』

馬鹿《ばか》な。馬鹿な馬鹿な馬鹿な！　耐性とか、そんな物ではない。

先ほど、ATは日向《ヒュウガ》ソラの精神に恐怖を覚えた。

だが今、彼女は霧島アオの精神に絶望を刻まれていた。

この少女は無理だ。延々と自分自身を殺し続ける無限の殺戮《さつりく》――この少女は心の中に地

獄を持っている。

『今のは口からでまかせですかね？　それならしょうがありません……』

アオが手の平を向ける。

手足の消失が、視《み》えない怪物に貪《むさぼ》り喰われるように進行してゆく。

『今回は警告としておきましょう。ああ、一番重要な頭部の頭脳系と胸部の駆動系は念の為《ため》に調べますのでご安心を。ゆ、っ、く、り、と、最、後、ま、で、報、い、を、受、け、て、く、だ、さ、い』

ＡＴは、ＡＴにリンクする精神は、思わず乾いた笑いを浮かべた。

――この女は狂ってる。

音もなく進行する軀体《くたい》の消失に恐怖しながら、ＡＴは己の不運を皮肉った。

※　※　※

リズ・ポーターは目を開けた。

力強い腕に助け出された夢を見た気がしたが、あながちそれは間違いではなかったらしい。

出来損《レベル》ない《・エラー》――日向ソラが、自分を抱いて見下ろしていた。肩には、何故《なぜ》か黒焦げのマスコット型ロボットを張り付けている。

『起きたな』

接触通信で言ってくると、彼はリズを放り投げた。

慌てて推進器を始動し、彼と向かい合う。

『まだそのクソメガネは効果を発揮してる。壊れたからすぐに無くなるみたいだけどな』

ソラは淡々と語るが、リズには彼が何をいいたいのかが上手《うま》く把握できなかった。

『まだ効果がある内に――掛かって来い』

リズは目を見開いた。

『そんなものに頼っても無駄だってことを教えてやる。道具に頼るその精神、粉々にしてやるよ』

「……優しい、ん、ですね……」

『あ？』

「私の心……記憶を見たから、そう言ってくれるんでしょう？」

『あのなぁ……俺ははっきりしないのが嫌いなだけだ。んで、どうする？　やるのか？　やらないのか？』

「……やります」

拳《こぶし》を握り締め、リズは言った。

「やらせて、ください」

『なら、来い』

リズは頷《うなず》くと、横を向いた。

黒い鱗《うろこ》を無残に焦げさせたファブニルは、いつもの様に優しげな目で頷き返した。

「……ごめんね、ファブニル。ほんとうに、ごめんなさい」

「いいさ……ああいうこともある。それよりも、行くぞ」

「……うん」

リズは目を閉じ、息を整え――かっと目を見開いた。

遺能《いのう》の発現と同時に頭がくらくらする。ノーブル・ブースターの副作用だ。本来なら安静にすべきなのだろう。だが、戦わなくてはならない。目の前の少年と――出来損ないの少年と戦わねば。

「……行きます！」

前進の推進器を全開にして無重力を疾駆する。モーターが狂ったように駆動し、イオンエンジンは盛大な噴煙を巻き上げる。強烈なGに傷んだ身体《からだ》が軋《きし》む。

もっと――もっと！

攪乱《かくらん》するように飛び回りながら、両腕に残った〝念雷《エレクトロキネシス》〟のエネルギーをかき集める。

日向ソラは動かない。

背後から左手の〝念雷〟を解放する。

着雷の衝撃に、ソラは為すすべなく吹き飛んでゆく。肩に張り付いていた黒焦げのマスコットも何処《どこ》かへ吹っ飛んだ。

右腕を左手で支えて、宙を舞うソラへ加速につぐ加速で得た最高速で突っ込んでゆく。

リズそのものが一条の稲妻と化した。

人間の動体視力を凌駕《りょうが》せんとする超高速の一撃。前回と違い、もはや只《ただ》の人間に躱《かわ》すことなど出来ない。人間の反応速度では間に合わない。

——筈だった。

ソラが無造作に手を振る。

偶然か。

それとも予想していたのか。

ソラの左腕がリズの右手を迎撃する。

エネルギーが解放され、眩《まばゆ》いばかりの雷撃が迸《ほとばし》る。だがどうしたことか、その稲妻のほとんどがソラを避けてゆく。

「あ——」

それでラストだった。

続く一撃で盛大に弾《はじ》き飛ばされる。

推進器の燃料を最後の一滴まで使って減速した所で、狙《ねら》い澄ましたように制御円盤《メダリオン》が砕けた。慣性で緩やかに減速しながら、リズはフィールドの壁に羽根のようにふわりと落ちた。

「………………」

同時に吹き飛んだソラは、ソフィーリア・マッカランの力場で減速したようだった。リズよりよっぽどぼろぼろだが、なんにせよ——勝ったのはソラだった。

「……負け、た……」

呟《つぶや》き、リズは笑った。

「……久しぶりだな」

ファブニルの呟きにリズは歳《とし》相応の仕草で首を傾《かし》げた。

「リズの、心からの笑顔……アルテミシアに来てから、初めてかもしれない」

「……そうね……そうかも……」

リズは笑う。

負けて笑う——そんな経験は初めての事で、それがおかしくて、リズは笑った。いつの間にか涙を流しているのも気づかずに、笑い続けるのだった。

終章

再起と蠢動

EPILOGUE

ORBITGAME VOLUME TWO

前代未聞の練習試合から二日後。

リズ・ポーターは記入した書類を生徒会長のマリー・ハイアットへ直接提出した。電子書類なのだから端末さえあれば何処からでも送れるが、直接出向いて顔を見せたのは、リズなりの決意の表明だった。

「……確認した。『ブルームーン』の解散を承認する」

「ありがとうございます。ご迷惑を、おかけします」

リズはマリーへ深く頭を下げた。

あれほどの事をしたのだ。メイデンであると知られてチーム内の雰囲気が悪くなった直後に恐怖統制——もはや修復は不可能である。

だが、リズには不思議と後悔はなかった。

身に余っていたのだと思う。背伸びしてみても自分は子供だったのだ。子供にリーダーが務《つと》まるはずもなかったのだ。

ケジメは付けた。あとは処罰を待つばかり。

悄然《しょうぜん》と顔を上げたリズだったが、続くマリーの言葉は予想と違うものだった。

「けど、退学届け……これはちょっと受理できないなぁ」

生徒会長の言葉に、リズは喜ぶより先に鼻白んだ。

「……私は力に溺《おぼ》れてチームメイトを傷付けました。その罪は、償わないといけないと思います」

「罪、ねぇ。学校辞めました、で償えると思う？」

「……他《ほか》に方法がわかりません」

「そ。ならちゃんと罰を与えてくれる人を用意しているから、その人に聞いてみよう」

そう言うと、マリーは手を叩《たた》いた。

ドアが開き、新たに入ってきたのは、二日前激戦を繰り広げた日向ソラだった。

「あ……」

口を開きかけ、リズはぐっと唇を噛《か》み締めた。

思わず謝罪の言葉が出かけたが、そんな言葉を出すわけにはゆかない。彼ほど、自分に罰を与えるに相応《ふさわ》しい人物はいまい。罪人は黙って、断罪人の処罰を粛々と受けるだけだ。

じっと感情の見えない瞳《ひとみ》を向けられ、リズは逸《そ》らしたくなるのをこらえて見返した。

やがて、ソラは頷くと、

「ほんじゃ——お仕置きターイム！」

言うやいなや、ソラはリズを抱え上げた。

彼の膝《ひざ》の上にうつ伏せに寝かせられ、まるで首を刎《は》ねられるかのような四《よ》つん這《ば》いの体勢にさせられた。いったい何が始まるのかと今更ながらに恐怖を覚えたリズは、不意に下半身が涼しくなって違和感を覚えた。

「……え？　な……え……？」

あろうことか、ソラはリズのスカートをまくり上げると、可愛《かわい》らしいパンツをべろんとずり下げた。

そして、リズが混乱から冷めぬ間に、

──パッシィィンッ！

「ひあっ！」

思い切り、お尻《しり》を叩かれた。

「な、なに、を……あううっ？」

もう一発。

さらにもう一発。

ソラは繰り返しリズのお尻をひっぱたき続けた。

尻から真《ま》っ直《す》ぐ駆け抜けた衝撃が短い悲鳴となってリズの喉《のど》から溢《あふ》れる。少し遅れて、叩かれたお尻が熱を持ち、じわじわと痛みを発し始めた。

「や、やめ——ひっ！……や……やぅ！　や、やめて……ああっ！」

パシン、パシンと、乾いた快音が生徒会長室に響き渡る。

ソラは黙々と手を振るう。マリーは興味深そうにそれを眺め、サーヴァントロイドたちは気を遣ってかそっぽを向いている。

十回を数えた辺りで、リズはぐすっと鼻の奥に湿り気を感じた。

怒られている。自分は悪いことをしたんだ。そう考えていてもどこか実感に乏しかった罪悪感が、音と痛みで急速に身体の奥から炙《あぶ》り出《だ》されてくる。

十五回目辺りで、喉から悲鳴でなく嗚咽《おえつ》が漏れ出した。

「……うっ……うえっ——えぇ〜〜〜ん…………うえええぇぇぇぇぇ〜〜〜〜〜〜〜ん……」

二十回目で、とうとうリズは涙を流し、本格的に泣き始めた。

「うっ、ひっく……ごめん、なさ……ごめんなさい……ごめんなさい……ごめんなさい！」

謝罪なんて意味は無いと思っていたのに、いつの間にか喉の奥から零《こぼ》れ落ちた。

それでようやく、ソラは手を止めた。

「そうだ。『ごめんなさい』だ。変に大人っぽく振る舞う前に、ちゃんと謝れ」

「うっ、うっ、うう〜〜〜……ご、めん……ひっ、う……ごめんなさい……！」

ぐすぐすと涙を流すリズを立たせると、ソラは手早く乱れた服装を整える。辛抱強く待ち続け、リズの嗚咽が収まると、ようやくソラはいつものように口の端を持ち上げた。

「リズ・ポーター。お前はまだ子供だ。だから過ちの償い方がちゃんと分かっていない。だから俺が、お前に償わせてやる」

「ひっ、う……ど、どうすれば、いいんですか……？」

「強くなれ。今度は自分の力で強くなるんだ」

強くなれ。

これまでさんざん自分に言い聞かせてきた言葉が、妙に新鮮な響きでリズの耳に染みこんでくる。

「お前は強くなるための方法を間違ってた。一体何を間違ってたと思う？」

リズはぶんぶんと首を横に振った。

「メイデンだと隠してたことだ。自分の弱点に目を瞑《つぶ》ってたら、力を持てたとしても強くなったとはいえない。強くなるってのは、まず自分の弱さに打ち勝って、それから積み上げてくもんだ」

「…………」

「リズ・ポーター。俺がお前を強くしてやる。お前はほんとうの意味で強くなるんだ。それがお前の償いだ」

「……強く……」

泣き顔を擦《こす》って、リズはソラに問い掛けた。

「強く、なれますか……？」

「それはお前次第だ。どうだ？　お前は強くなりたいか？」

「…………なりたい……」

スカートの裾《すそ》をぎゅっと握りこみ、リズはくしゃくしゃの泣き顔で吐き出すように叫んだ。

「強くなりたい！　私、強くなりたい！」

「よっしゃ！」

ソラは膝を叩くと、リズの身体《からだ》を軽々と肩に担ぎあげた。

「きゃ……」

「ほんじゃ生徒会長。このちびっ子、もらってくぞ」

「はいよ。けどその言い方、なんか犯罪っぽいなぁ」

「言ってろ。よっしゃ、大漁じゃ大漁じゃ」

担いだリズをご機嫌に揺らし、ソラは意気揚々と鼻歌を歌いながら生徒会長室を後にする。

わざわざハンカチを振って見送ると、マリー・ハイアットはやれやれと肩を竦《すく》めた。

「うーん……やっぱりどう考えても誘拐だよなぁ、あの顔だと。みんな、彼の何処《どこ》がいいのやら?」

「それが分からないなら、存外あなたの眼《め》も節穴ですね」

ソラとリズが出て行ってマリー一人きりとなった筈《はず》の生徒会長室に、四人目の声が流れる。

マリーが首を巡らすと、いつの間にか忽然《こつぜん》と、部屋のソファに少女が一人座っていた。

肩に鴉《からす》型サーヴァントロイドを留めた、霧島《キリシマ》アオだった。

〝跳躍《ジョウント》〟してやって来たのだろう。

アオは顔を上げ、マリーの金色の瞳を見返した。

「ソラの素晴らしさは一目瞭然《いちもくりようぜん》。地球の裏側まで見通すというあなたの〝千里眼《クレアボヤンス》〟は、存外使いものにならないようで」

「これは手厳しい」

マリーは苦笑して、自慢の瞳を細めた。

「けど、ボクはそもそも男に興味が無いんだよね」

「そうですか。それは良かった」

そう言って、アオは薄く微笑《ほほえ》んだ。

「ソラは素晴らしい人間ですが、言い寄る女が増えるとそれはそれで悩みの種ですから」

くわばらくわばら。マリーは心の中で魔除《まよ》けの呪文を唱えた。

アオの容姿はかなり好みであったが、近付こうだなどとは微塵《みじん》も思えない。危険な香りは女を引き立てるが、それも程度がある。マリーに心の中を見通す力はないが、女の勘と女好きの戦歴ですぐにピンときた。

霧島アオと付き合ったら火傷《やけど》では済まない。彼女の本質は魔女の釜《かま》のように煮え滾《たぎ》った活火山だ。

小火《ぼや》で済めばいいが、霧島アオと付き合ったら火傷では済まない。


「──それで霧島先生？　ご用件は？」

「お渡ししたサンプルについてです。何か分かりましたか？」

「あのガラクタだったら月の公社の施設で調べてもらったけれど、まっさらで綺麗《きれい》なものだったよ。もっともあんなに高い技術力で造られたものがまっさらってだけで、相当な組織力によるものだって事が露呈してるけど」

「培養ニューロンは？」

「あのケース入りの脳みそは、君の想像通りマイクロマシンによって神経ブリッジが組まれていた。特定の誰かの思念波を効率よく中継するハブのようなものだろうね。公社の念話使《テレパス》いに調べてもらったけれど、証拠になりそうな残留思念は検出されなかった」

「そうですか」

「というか、月公社に持ち込ませるよりは、東雲《しののめ》に解析してもらった方がいいと思うけど？　その方がいろいろ分かるでしょ？」

「それはダメです」

アオはきっぱりと首を横に振った。

「そんな事をしたら、東雲にソラの事を知られてしまいます。今はまだ『取るに足らないレベルE』と思われておくことが、一番ソラにとって安全なはずです」

ある意味東雲財閥を裏切っているとも取れなくもないアオの言葉に、マリーは他人事《ひとごと》ながら冷や冷やした。

だが、考え方によってはチャンスと言えなくもない。

日向《ヒュウガ》ソラを手元に置いておく限り、この危険な少女の行動をある程度は誘導できる。

「……そういえば、肝心の彼はなんて言ってるの？」

「『俺を狙《ねら》ってるってなら好都合だ。せいぜい注目させて無視できないようにしてやる』と」

「ははぁ……呑気《のんき》というか大物というか……」

「それでこそ、私の愛するソラです」

アオはうっとりと頬《ほお》を染めた。

「…………」

マリーはちょっとばかり、この少女と幼馴染《おさななじ》みであるソラに同情を覚えた。

どうも彼だけは、先入観があるのかこの幼馴染みの危険性に無頓着《むとんちゃく》に見える。八年ぶりに再会したらしいが、男の八年と女の八年は別物だ。その事を彼はちゃんと理解しているのだろうか？

「それでは、私はこれで。これから『エンジェル・フェイス』のミーティングがあるので。何か分かったら教えて下さい。代わりに私も協力は惜しみません。ソラとの時間を邪魔さえしなければ」

そう言って、アオの身体が掻《か》き消える。やってきた時と同様〝跳躍〟で去って行った。

「……ソラ君もお気の毒」

マリーは苦笑した。

もしかしたら、またこれからやってくるどこぞの五大財閥のちょっかいより、宇宙怪獣並みの戦闘力を持った幼馴染みの方が、彼にとってよっぽど脅威かもしれない。

もっとも、見ている分には楽しいから、忠告してやろうとは思わないが。

「そもそも面白半分で手を出すの、怖いし」

マリー・ハイアットは苦笑しつつ、金色の眼を輝かせるのだった。

※　※　※

「という訳で、今日から新たに『エンジェル・フェイス』のメンバーとなるリズ・ポーターだ」

出物を手に入れ上機嫌な俺は、ミーティングルームに集まっていたソフィー、フレーナ、それに顧問のアオに、リズを紹介した。

三人共すでに話はしてあるのに、どいつもこいつも鼻にシワを寄せた。

「……本当に、連れてきたんですね」

「なんか納得いかねぇ……」

ソフィーとフレーナがリズを見る目を細める。まあ、去年一年での因縁もあるから無理からぬ話だが。

「ほら、リズ。ちゃんと挨拶《あいさつ》だ」

「……はい」

強気に突っ張っていた時から一転。俺の背後に隠れているリズの背中を押し出す。

リズはなかなか最初の一声を出せずにいたが、何度かの深呼吸の後にぎゅっと拳《こぶし》を握りしめて口を開いた。

「り、リズ・ポーターです！　こ、コレまでのことはすみませんでした！　こ、これから頑張ってお役に立ちます！」

そう言って頭を下げると、またすぐ俺の背後に隠れてしまった。俺の服を握りしめて顔を押し付けている。

ま、最初はこんなもんか。

「よく言えたな、リズ」

「……はい。ありがとうございます、先生……」

リズはおずおずと顔を上げ、自信なさげな顔にあるかなしかの微笑を浮かべる。俺が頭を撫《な》でてやると、ようやくホッとしたように潤んだ瞳を細めた。

そんなリズを呆然《ぼうぜん》と凝視していたソフィーとフレーナは、たっぷり五秒は掛かって自失から目覚めると、

「「か、かわいい……！」」

小動物でも見つけたような顔で目をキラキラさせた。

「こ、これがあのリズ・ポーターなんですか？　何ですかこの可愛い生き物！」

「へ、へぇ……ま、まぁ、あんまりツンケンするのも何だし、取《と》り敢《あ》えずよろしくな」

ソフィーとフレーナが表情を緩ませて返事をする。相変わらずチョロい。

返事されたリズは、何故《なぜ》だか不思議そうな顔をした。

「どうした？　メイデンなのに変な目で見られないのが不思議か？」

「ええと……はい、先生」

「ここじゃいまさらだ。どいつもこいつも一癖二癖ある奴《やつ》ばかりだ。だからこそ、お前がメイデンだって聞いた時から目を付けていたんだがな」

「え……？」

「この前、最後の時お前の放電が逸れたろ？　あれはソフィーに密かに練習させてた〝導管〟によるものだ」

俺の説明を聞き、リズはソフィーを見て目を見開いた。

「お前を仲間にするんなら、無駄じゃないと思ってな」

「……あ、ありがとうございます、ソラ先生……私、私……うえぇぇぇぇえええええ〜〜〜〜〜ん！」

「また泣く。なんか泣き癖が付いちまったな……」

ちょっとショックを与えすぎだったかもしれん。しかし、そんなリズを見て、ソフィーとフレーナは「「げ、ゲキカワ」」とはしゃいでるし、結果オーライだ。

うんうんと頷《うなず》いていると、ポンと肩が叩かれた。

「……ねぇ、ソラ」

振り返ると、アオがにこにこしていた。

「ソラって、ロリコンじゃないわよね？」

「ちげーわ！」

「そう……そう、良かった。ほんと良かったわ」

そう言って、アオはからからと笑う。

なんだか知らんが、良かったなら良かった。

「よし。それじゃ新メンバーも加わったことだし、ミーティングをはじめるか！」

※　※　※

暗闇《くらやみ》に悲鳴が響き渡った。

長く長く、喉も嗄《か》れよと続いた悲鳴が途切れると、今度は荒く乾いた息がそれに変わった。

「っ……はっ……ぜはっ…………ひどい目にあった……」

しゃがれた女の声。

さらに呼吸を整える為《ため》の吐息が繰り返されていると、暗闇が光に払われた。

真っ白な空間だった。テニスコート並みの広さの空間であるが、置いてあるのは酸素カプセルに似たベッドが中央にひとつきり。

ベッドの上には悲鳴をあげたと思《おぼ》しき女が上体を起こして深呼吸していた。

異相の女だった。ひたすら鋭く吊《つ》り上がった双眸《そうぼう》に、絵本の魔女のように高い鼻。漂白されたような白すぎる肌が、痩《や》せこけた面立ちを病的なものに見せていた。そんな中で、唇だけが、まるで場違いのように瑞々《みずみず》しい赤に彩られている。

「――ずいぶんな悲鳴だったな、第三の花弁《サード・ペタル》」

広大な部屋にもう一人、スーツ姿の男が壁に寄りかかって立っていた。

こちらは、ずいぶんと端整な容貌《ようぼう》であった。金髪碧眼《へきがん》の、王子様という表現がぴったりの美丈夫である。ただし表情は厳しく引き締められ、甘いマスクとは裏腹に遣《や》り手《て》の経営者然とした雰囲気を醸し出していた。

「……第一の花弁《ファースト・ペタル》か。いつ戻った？」

「つい今しがた。二と四はしばらく掛かりそうだがな」

美丈夫は無感情に言った。

女は「いつ戻った」かと男に問《と》い質《ただ》したが、それは矛盾する問い掛けだった。彼女らがいるこの広い部屋には入り口が見当たらない。継ぎ目もない。窓もない。さらに言えばかすかな凹凸すら無い。出入り出来そうな痕跡《こんせき》もないのに「戻った」とは、いったい何を指しての事なのだろうか。

「それで？　高笑いはともかく、貴様が悲鳴などは珍しい」

「……アトロポス《ATropos》を……運命の魔女《モイライ》の一体を失った」

「お前ご自慢の特別製の人形か。我々『四枚の花弁』が招集されたのもそれに関係があるのか？」

「そうだ。東雲《しののめ》のエースにちょっかいを出していたら、気になる者を見つけてね……フィラ・グレンリヴェットの教え子だ」

「フィラ……あの女め、まだ何かを企《たくら》んでいるのか」

男は美しい顔を歪《ゆが》めた。

「それで？　その教え子とやらを始末すればいいのか？」

「いや、その判断はまだ尚早だ。様子を見たいが……下手にちょっかいを出せばまた恐ろしい目に遭いそうなのだよ……」

女はしばし宙を見据えて考えに耽《ふけ》っていたが、

「そういえば、M＆W《マッカラン・アンド・ウオーカー》の放蕩《ほうとう》娘がいたな。そこら辺から突いてみようか……」

愉快な事を思い付いたのか、赤い唇をニタリ、と歪めた。

※　※　※

ジュリア・ウォーカーは不機嫌さを隠しもせずに歩いていた。

廊下にいた生徒たちが、彼女を一目見るや慌てて端に寄り、目を合わせないよう壁に額を擦《こす》り付けた。

「……もうちょっと愛想よくしたらどうかな？」

彼女の足元についてくる黒猫が、やれやれと言いたげに髭《ひげ》を震わせた。

「普段だって仏頂面だが、いまよりはずいぶんとマシだ」

「……わたしは今、真剣に不機嫌なの。放っておいて」

「お前さんが俺のマスターじゃなけりゃ、喜んで放っておくんだが……」

黒猫型のサーヴァントロイドは、尻尾《しっぽ》の先で耳の裏を掻《か》きながら嘆息した。

やがてジュリアとその相棒は、とある部屋の前までやってきた。ジュリアは唇を引き結び、かなり乱暴にドアをノックする。

途端、ドアの向こうで何やらドタドタと慌ただしい音がし出した。

数秒後、開いたドアから、栄えあるコールブランド宇宙学園の制服をだらしなく乱れさせた女子生徒が飛び出してきた。

「じゅ、ジュリア様……ごきげんよう……」

大人びた色っぽい女子生徒は大きくはだけた胸元を押さえてそそくさと立ち去った。

ジュリアは不機嫌さのあまり頭痛を感じながら、憤然と部屋へ足を踏み入れた。

「やあ、来てくれたね従姉妹《いとこ》どの」

合成ではない、地上から輸入した天然革のソファにだらしなく腰掛けた少年が、軽薄の極みな声を掛ける。やはりというべきか、制服が脱ぎかけで事に及ぶ一歩手前なのが手に取る様だった。

人を呼び付けておいての厚顔無恥さに、ジュリアは一周回って呆《あき》れ、さっさと用事をすまそうと無感情な顔を彼に向けた。

「……何の用、ヨハン」

「来週辺り旅行に行くんでさ。良かったら君もどうかと思って」

「生憎《あいにく》、あなたのアクセサリーになる気はないわ」

「誤解しないでくれ。君はまったく僕の好みじゃない」

コイツとわずかでも血が繋《つな》がってるのかと思うと死にたくなってくる。

さっさと断り出ていこうとすると、

「けど、君も久しぶりに親友に会いたいんじゃないかと思ってさ」

気障ったらしいその言葉に、出そうとしていた言葉が止まった。

「行き先はL1、アルテミシア宇宙学園。いい加減、そろそろ連れ戻そうかと思ってさ。我がフィアンセ——ソフィーリア・マッカランを」

——やっぱり殺したい。

ジュリアは何度目になるか分からない殺意を込めて、親友のフィアンセを睨《にら》み付けた。

THE ORBIT GAME〈The Little Girl Player〉closed.

あとがき

「どうもー！　みんなのアイドル、シャーリーですー！　早速ですが『シャーリーの軌道世界講座』が始まりますー！　あとがき埋めに悩んだ作者の苦肉の策ですが、あんまり気にしないで始めましょー！」

AVとは？

「『アダルティなビデオ』だと思った皆さんはきっと欲求不満なんですねー？　ご愁傷さまですー。

AVは『After Vostok』の略で、日本語訳なら『宇宙進出暦』ですねー。人類が初めて宇宙空間に到達した西暦一九六一年を元年とした紀年法ですー。Vostokとはもちろん、初の有人宇宙船『ボストーク一号』のことですー。

ちなみに成立は西暦二〇二三年のことですー。つまり、遡《さかのぼ》って紀年法を成立させたんですねー。ややこしいですー」

軌道世界とは？

「軌道世界は月軌道とラグランジュ点を合わせた開拓宙域の総称ですー。正確には『地球軌道上の国家主権に代わる企業の自治によるウンタラカンタラ』と長ったらしい正式名称がありますが、有限な記憶リソースしかない皆さんは試験の前に暗記すれば大丈夫ー。

軌道世界は地球上のあらゆる国家の干渉を受けず、五大財閥を中心とした『地球軌道企業連合協議会』、通称『ＯＣＣ』が調停機関となって各自治圏の調整を行っていますー」


五大財閥とは？

「現在の軌道世界をリードする、宇宙開発初期にもっとも功績を挙げた五つの大企業のことですー。

宇宙用アシストロイドを開発したロボット工学の雄《ゆう》たる日本由来の『東雲財閥』。

宇宙船開発シェアナンバーワンのアメリカ由来の『フォーローズ・カンパニー』。

医療を中心とした生物工学で先行するＥＵ由来の『Ｍ＆Ｗ社』。

エネルギー産業に力を入れるロシア由来の『スミルノフ社』。

コロニー開発に貪欲《どんよく》な中国由来の『黄宇宙開発公司』。

これら五大財閥は軌道世界の開発で睨み合いを続けていて、この緊張を緩和するためにＯＣＣが出来たんですねー」

《オービット・ゲーム》とは？

「《オービット・ゲーム》は三人以上五人以下のチームで行う無重力下空間戦闘競技ですー。軌道世界でもっとも人気のあるエンターテイメントであると同時に、各企業間、各宇宙学校間の代理闘争システムでもありますー。

　学生のセミプロである低軌道《LEO》、企業がスポンサーとなっているプロチームによる中軌道《MEO》、そして五大財閥が持ち回りで二年に一度主催する高軌道《GEO》の三ランクのゲームがありますー。

　この内、高軌道ことGEOゲームは、プロもアマチュアもあらゆるチームが参加可能で、優勝チームにはOCCの年間運営予算の五パーセントに及ぶ賞金と、その有用性を示した対価として軌道世界において望む地位が与えられますー」

《発現者《ノーブル》》とは？

「西暦二〇二〇年に存在が確認された『宇宙適応型超能力者』のことですー。宇宙に適応した人類の進化種、と言われていますー。この最初の《発現者》から得られた様々なデータで、宇宙に適応する『無重力適応因子』、通称『AA因子』が発見されましたー。AA因子を活性化させる『活性剤《アクティベーター》』の開発によって、人類は凄《すさ》まじい勢いで宇宙開拓を進めることになったのですー。

ちなみに、ＡＡ因子は人類の九九・九パーセントに存在が確認されていますが、地球の他《ほか》のどんな動物にもこの因子は発見されなかったそうですー。不思議ですねー？　この統計結果を以《も》って『人類にしかＡＡ因子が存在しないのは、人類がかつて宇宙に進出した痕跡である』という説を唱える科学者もいるそうでー。本当のところはどうなんでしょー？」

遺能《いのう》とは？

「ＡＡ因子が一定以上活性化した人間が発現する、いわゆる『超能力』の総称ですー。Ａ、Ｂ、Ｃの三段階に区分されていますが、それらは遺能の強力さよりもむしろ〝有益度〟や〝有用度〟でランク付けされていますー。なので同種ならともかく、別種の遺能では一概に活性率の高さでレベル分けされているワケでもないのですー」

「いかがでしたでしょうかー？　ほんの僅《わず》かではありますが、ワタシのＡＩの高性能ぶりを実感していただけたでしょうかー？　『シャーリーの軌道世界講座』では皆さんの質問を受付中ですー！　お便りお待ちしてますー！　それでは、あでゅー！」

セカイはまだまだ面白い。
君の日常を再構築《リビルド》する
エンターテインメントノベル！
ラップ文庫
毎月25日発売

最新情報はWEBをチェック!
オーバーラップ文庫公式HP
http://over-lap.co.jp/bunko
@OVL_BUNKO
オーバー
イラスト：しらび

作品のご感想、
ファンレターをお待ちしています

あて先

〒150-0013
東京都渋谷区恵比寿1-23-13 アルカイビル4階
オーバーラップ文庫編集部
「翅田大介」先生係／「伍長」先生係

PC、スマホからWEBアンケートに答えてゲット！

★制作秘話満載の限定コンテンツ『あとがきのアトガキ』
★この書籍で使用しているイラストの『無料壁紙』
★さらに図書カード（1000円分）を毎月10名に抽選でプレゼント！

▶http://over-lap.co.jp/865540239
二次元バーコードまたはURLより本書へのアンケートにご協力ください。
オーバーラップ文庫公式HPのトップページからもアクセスいただけます。
※スマートフォンとPCからのアクセスにのみ対応しております。
※サイトへのアクセスや登録時に発生する通信費等はご負担ください。
※中学生以下の方は保護者の方の了承を得てから回答してください。

オーバーラップ文庫公式HP ▶ http://over-lap.co.jp/bunko/

OVERLAP

無能力者《レベルE》のオービット・ゲーム 2

発　行　2014年12月25日　初版第一刷発行

著　者　翅田大介
発行者　永田勝治
発行所　株式会社オーバーラップ
〒150-0013　東京都渋谷区恵比寿1-23-13
校正・DTP　株式会社鷗来堂
印刷・製本　大日本印刷株式会社

©2014 Daisuke Haneta
Printed in Japan ISBN 978-4-86554-023-9 C0193

※本書の内容を無断で複製・複写・放送・データ配信などをすることは、固くお断り致します。
※乱丁本・落丁本はお取り替え致します。下記カスタマーサポートセンターまでご連絡ください。
※定価はカバーに表示してあります。
オーバーラップ　カスタマーサポート
電話：03-6219-0850／受付時間 10:00～18:00（土日祝日をのぞく）

イラスト：黒銀
第2回
オーバーラップ文庫大賞
原稿募集中！
新たなるセカイを創造せよ‼
【賞金】
大賞…300万円
金賞……100万円
銀賞………30万円
佳作………10万円
【締め切り】
第1ターン 2014年5月末日
第2ターン 2014年8月末日
第3ターン 2014年11月末日
第4ターン 2015年2月末日
各ターンの締め切り後4ヶ月以内に佳作作品を発表。通期で佳作に選出された作品の中から、「大賞」「金賞」「銀賞」を選出します。
全応募作品に評価シートをフィードバック！
投稿はオンラインで！ 結果も評価シートもサイトをチェック！
http://over-lap.co.jp/bunko/award/
〈オーバーラップ文庫大賞ONLINE〉
※最新情報および応募詳細については上記サイトをご覧ください。
※紙での応募受付は行っておりません。